Student Activities Manual

F U E N T E S

FIFTH EDITION

Debbie Rusch
Boston College

Marcela Domínguez

Lucía Caycedo Garner
University of Wisconsin—Madison, Emerita

CENGAGE
Learning·

Australia • Brazil • Japan • Korea • Mexico • Singapore • Spain • United Kingdom • United States

ISBN-13: 978-1-285-73350-0

ISBN-10: 1-285-73350-9

Cengage Learning
200 First Stamford Place, 4th Floor
Stamford, CT 06902
USA

Cengage Learning is a leading provider of customized learning solutions with office locations around the globe, including Singapore, the United Kingdom, Australia, Mexico, Brazil, and Japan. Locate your local office at: **www.cengage.com/global**.

Cengage Learning products are represented in Canada by Nelson Education, Ltd.

To learn more about Cengage Learning Solutions, visit **www.cengage.com**.

Purchase any of our products at your local college store or at our preferred online store **www.cengagebrain.com**.

Printed in the United States of America
2 3 4 5 6 7 17 16 15 14

CONTENTS

TO THE STUDENT

The *Fuentes* Activities Manual is organized into two parts:

- Workbook
- Lab Manual

Workbook

The Workbook activities are designed to reinforce the material presented in *Fuentes: Conversación y gramática*. These activities will help you develop your language ability and your writing skills.

Each chapter of the Workbook follows the order of presentation of material in your text. Contextualized activities progress from controlled to open-ended ones in order to allow you to gain the necessary practice with structures and vocabulary before expressing your own opinions, wants, and needs. As you progress through each text chapter, you should do the related Workbook activities as they are assigned by your instructor.

Student annotations precede some activities to give you additional information or to help you better focus your responses. Specific tips dealing with grammar topics are also provided to assist you.

You will find the answers to the Workbook activities in a separate Workbook Answer Key that your instructor may provide.

Here are some recommendations for making the most of the Workbook.

- Do the activities *while* studying each chapter. Do not wait until the day before the quiz or the day before you have to hand it in. Working little by little every day will increase your knowledge of the Spanish language, improve your retention of the material studied, and most likely improve your final grade in the course.

- Before doing the activities, review the vocabulary and grammar sections in the text.

- Do the activities with the text closed.

- Say what you have learned to say, especially when doing open-ended activities. Be creative, but try not to overstep your linguistic boundaries. Keep in mind the chapter's focus at all times.

- Try to use bilingual dictionaries sparingly.

- If your instructor provides you with an answer key, check your answers after doing each activity. When the answers are specific, mark all the incorrect ones in a different colored ink. When the Answer Key says *Answers will vary* and then offers a tip, such as *Check adjective-noun agreement,* make sure that you do what the tip tells you to do. In some instances the Answer Key merely says *Answers will vary* and offers no tips for correction. In these cases, you are normally asked to state an opinion or give a preference. Always double-check all open-ended answers, applying what you have learned.

- Remember that you will make mistakes and that this is part of the learning process. It is important to check incorrect responses against grammar explanations and vocabulary lists. Make notes to yourself in the margin to use as study aids. After having gone through this process, if there is something you still do not understand, ask your instructor for a clarification.

- Remember that it is more important to know why an answer is correct than to have merely guessed the correct response.

- Use the notes you have written in the margins to help prepare for exams and quizzes.

- If you feel you need additional work with a particular portion of a chapter, do the corresponding activities on iLrn™. Although the iLrn™ activities provide excellent review, you also can do them prior to doing the Workbook activities. Or you can do an activity on iLrn™, then do a Workbook activity, and follow up with another activity from iLrn™ to help master the material.

Lab Manual

The activities in the Lab Manual are designed to help improve your pronunciation and listening skills. The Lab Manual activities should be done near the end of each textbook chapter and before any exams or quizzes. Each chapter contains four parts.

- A pronunciation section is provided in the preliminary chapter and in Chapters 1–6 of the lab program. It contains an explanation of the sounds and rhythm of Spanish, followed by pronunciation exercises.

- A comprehension section presents numerous listening activities. As you listen to these recordings, you will be given a specific task to perform (for example, complete a telephone message as you hear the conversation).

- The final activity in each chapter is usually a semi-scripted conversation between two native speakers who were given a topic to discuss and a few guiding ideas. These conversations have been only minimally edited to give you the opportunity to hear spontaneous language.

- Each Lab Manual chapter ends with a recording of the corresponding chapter podcasts from *Fuentes: Conversación y gramática*. This will help you to review for quizzes and exams.

- You will find the answers to the Lab Manual activities in a separate Lab Manual Answer Key that your instructor may provide.

Listening strategies are explained and practiced in most chapters. By learning about and implementing these strategies, you will improve your ability to comprehend the Spanish language during this course.

Here are some suggestions to consider when doing the Lab Manual activities.

- While doing the pronunciation activities, listen carefully, repeat accurately, and speak up.

- Read all directions and items before doing the listening comprehension activities. This will help you focus on the task at hand.

- Pay specific attention to the setting and type of spoken language (for example, an announcement in a store, a radio newscast, or a conversation between two coworkers).

- Before doing some activities, you may be asked to make a prediction. The purpose of these activities is to put you in the proper mind-set to better comprehend. This is an important step and should be done with care.

- Do not be concerned with understanding every word; your goal should be simply to do the task that is asked of you in the activity.

- Replay the recording as many times as needed.

- Your instructor may choose to correct these activities or provide you with an answer key. In any case, after correcting your work, listen to the recording again to hear anything you may have missed.

Conclusion

Through conscientious use of the Workbook and Lab Manual, you should make good progress in your study of Spanish. If you need additional practice, do activities on iLrn™, which can provide a solid review before exams or quizzes.

Student Activities Manual

F U E N T E S

FIFTH EDITION

Workbook

La vida universitaria

ACTIVIDAD 1 La lógica

Lee las oraciones de la columna A y busca una respuesta lógica en la columna B.

A

1. Me llamo Andrés, ¿y tú? __d__
2. ¿Qué carrera (*major*) estudias? __f__
3. ¿Cuál es tu apellido? __a__
4. ¿Cuántos años tienes? __b__
5. ¿En qué año de la universidad estás? __e__

B

a. Rodríguez.
b. 22.
c. Illinois.
d. Antonio.
e. Tercero.
f. Ingeniería.

ACTIVIDAD 2 Datos personales

Contesta estas preguntas con oraciones completas.

1. ¿Cómo te llamas? __Me llamo Simone.__
2. ¿Cuál es tu apellido? __Mi apellido es Jackson.__
3. ¿Cuántos años tienes? __Tengo 20 años.__
4. ¿De dónde eres? __Soy De milwaukee.__
5. ¿Estás en primer, segundo, tercer o cuarto año de la universidad? __Estoy en el tercer año de la universidad.__

ACTIVIDAD 3 Preguntas

Lee esta conversación entre Ana, una estudiante, y el Sr. Peña, su nuevo profesor. Después, completa los espacios con palabras interrogativas como **por qué, cómo, cuál** y **de dónde**.

Sr. Peña: Soy el Sr. Peña. ¿ __Cómo__ te llamas?

Ana: Ana. Ana Maldonado.

Sr. Peña: Encantado.

Ana: Igualmente.

Sr. Peña: ¿ __De dónde__ eres?

Ana: De Cali.

Sr. Peña: Pues yo también. ¿Y __Cuál__ es tu segundo apellido?

Ana: Palacios.

Sr. Peña: ¿ __De dónde__ vive tu familia?

Ana: En la calle 8, número 253. ¿ __Por qué__ quiere saber?

Sr. Peña: Es una casa grande con muchas flores en las ventanas y tu hermano se llama Rogelio, ¿no?

Ana: ¿___Porqué___ sabe Ud. todo eso?

Sr. Peña: Porque mi familia vive en el número 255.

Ana: ¡No me diga!

ACTIVIDAD 4 Las materias

Usa la siguiente lista de materias para clasificarlas según las ramas.

administración de empresas	contabilidad	literatura
anatomía	economía	mercadeo
antropología	estudios étnicos	oratoria
astronomía	filosofía	psicología
cálculo	física	química
ciencias políticas	geología	relaciones públicas
computación	geometría analítica	sociología
comunicaciones	ingeniería	teología
	lingüística	trigonometría

Humanidades	Ciencias y matemáticas	Negocios
sociología	química	relaciones públicas
psicología	trigonometría	ciencias políticas
literatura	geometría analítica	administración de em
lingüística	física	contabilidad
geología	computación	ingeniería
filosofía	cálculo	mercadeo
economía	astronomía	oratora
comunicaciones	anatomía	
antropología		
estudios étnicos		
teología		

ACTIVIDAD 5 Tus preferencias

Contesta estas preguntas.

1. ¿Qué materias tienes este semestre? ___Tengo las libros, lapices, cuadernos, y la muchilla.___

2. ¿Qué carrera estudias? ¿O no sabes todavía? ___Estudio enfermería.___

3. ¿Cuál es la materia más difícil para ti? _La materia más difícil es pharmacology._

4. ¿Cuál es la materia más fácil para ti? _Más fácil es matemáticas._

5. ¿Cuál es la carrera más fácil de tu universidad? _La carrera más fácil es comunicationes._

6. ¿Cuál es la carrera más popular de tu universidad? _La carrera más popular es enfermería._

ACTIVIDAD 6 Las facultades

Asocia las facultades de la columna A con las materias que ofrecen de la columna B. Puede haber más de una posibilidad para cada facultad.

A. Facultades

1. Filosofía y Letras _a_ , h, i
2. Medicina _f_
3. Ciencias Económicas _d_ g, b, c
4. Biología _e_

B. Materias

a. sociología
b. contabilidad
c. japonés
d. relaciones públicas
e. zoología
f. anatomía
g. mercadeo
h. arqueología
i. estudios de la mujer

ACTIVIDAD 7 Los horarios

Completa los horarios de dos estudiantes típicos. Mira la carrera de cada uno y decide qué clases deben tomar. Escribe seis materias para cada estudiante.

Víctor León, estudiante de medicina

anatomía, arqueología, bioquímica, farmacología, ingeniería, histología, antropología, bioética, oratoria, patología

anatomía	patología
bioquímica	bioética
farmacología	histología

Cruz Lerma, estudiante de ciencias económicas

administración de empresas, latín, economía, astronomía, contabilidad, mercadeo, estadística, relaciones públicas, zoología

administración de empresas	economía
contabilidad	mercadeo
relaciones públicas	estadística

Lee el horario de Beatriz y contesta las preguntas. Sigue el modelo y escribe la hora en palabras.

hora	lunes	martes	miércoles	jueves	viernes
9:45–10:45	mercadeo		mercadeo		mercadeo
11:00–12:00	cálculo	inglés	cálculo	inglés	cálculo
12:15–1:15	economía	inglés	economía	inglés	economía
1:30–2:30					
2:45–3:45	relaciones públicas	computación	relaciones públicas	computación	relaciones públicas
4:00–5:00	clase de karate en el club de Pedro				

→ ¿A qué hora es su clase de economía?

Es a las doce y cuarto.

(¡Ojo! En la respuesta no debes usar el sujeto porque es obvio.)

1. ¿A qué hora es la primera clase de Beatriz los lunes? _A las diez menos quinte... es la primera clase los lunes._

2. ¿A qué hora es su primera clase los martes y jueves? _A las once es su primera clase los martes y jueves._

3. ¿A qué hora termina ella las clases en la facultad? _termina las clases a las cuatro menos ~~quince~~ cuarto_

4. ¿Qué clase tiene en el club de Pedro y a qué hora es? _Tiene la clase de kara a las cuatro._

5. ¿Qué estudia Beatriz? ¿Negocios, derecho u otra cosa? _Estudia negocios y matemáticas_

6. ¿Cuándo puede almorzar? _Puede almorzar a las uno y media._

Parte A: Completa estas frases con las palabras necesarias, por ejemplo: **A él** _le_ .

1. A _ti_ te
2. _A mí_ me
3. A Juan y _A_ mí _nos_
4. _A_ Marta _le_
5. _A_ Uds. _les_
6. _A_ Ud. _le_
7. _A_ Rafael y _A mí_ nos
8. _A_ Pedro y _A_ Ana _les_
9. _A_ ellos _les_
10. _A_ Sr. Ramírez y _A_ _____ Sra. Bert _les_

Parte B: Termina estas frases con la forma correcta del verbo indicado.

→ **gustan** las clases (gustar)

1. *Me Caen mal* _____ los profesores de esta universidad (caer mal)
2. *Me fascina* _____ el laboratorio de idiomas (fascinar)
3. *Me molesta* _____ hablar de política (molestar)
4. *Me Encantan* _____ los trabajos escritos (encantar)
5. *Me Interesa* _____ hacer investigación en la biblioteca (interesar)
6. *Me Importan* _____ los problemas sociales (importar)
7. *Me fascinan* _____ ir a todos los partidos de fútbol (fascinar)

Parte C: Usando lo que escribiste en la Parte A y en la Parte B, completa estas oraciones.

1. A *ti* te *caen mal* _____ los profesores de esta universidad. (caer mal)
2. A Juan y *A* mí *nos interesa* _____ hacer investigación en la biblioteca. (interesar)
3. *Al* Sr. Ramírez y *Al* Sra. Bert *les fascinan* _____ ir a todos los partidos de fútbol. (fascinar)
4. *A* ellos *les fascina* _____ el laboratorio de idiomas. (fascinar)
5. *A mí* me *molesta* _____ hablar de política. (molestar)
6. *A* Marta *le importan* _____ los problemas sociales. (importar)

ACTIVIDAD 10 Las preferencias

Lee cada oración y complétala con **a, al, la, mí, ti, me, le, nos, etc.** Luego escoge el verbo lógico y escribe la forma apropiada para indicar las preferencias de diferentes personas.

1. A *mí* me *encanta* _____ leer novelas. Nunca miro la televisión. No escucho música. Leer es mi pasión. (caer bien, encantar)
2. A mi padre *le fascinar* _____ usar computadoras Mac; son muy fáciles de usar. (fascinar, molestar)
3. A *ti* te *encanta* _____ la clase de español este semestre porque el profe es brillante y súper cómico. (encantar, caer mal)
4. A mi hermana *le caen mal* _____ sus compañeros de cuarto en la residencia estudiantil. Dice que son antipáticos. (caer mal, importar)
5. *A* Verónica *le molestan* _____ los comentarios de su profesor de química porque son sexistas. (interesar, molestar)
6. *Al* profesor Márquez *le interesar* _____ saber lo que piensan sus estudiantes, por eso tiene un blog donde ellos pueden poner preguntas o comentarios. (interesar, molestar)

7. A mis amigos y a __mi__ no __nos__ __importan__ tener estudiantes de posgrado como profesores porque ellos preparan bien las clases y siempre están para responder a nuestras preguntas. (importar, interesar)

8. __A mi__ me __importan__ ✓ las clases con exámenes parciales en vez de un solo examen al final del curso. Así sé si voy bien o mal en el curso. (interesar, importar)

9. __A la__ profesora Maldonado __le__ __molestan__ los exámenes orales; creo que es porque no le gusta corregir nada escrito. Es perezosa. (encantar, molestar)

ACTIVIDAD 11 Clasifica

Escoge adjetivos para terminar las oraciones de una manera lógica.

1. Los profesores excelentes son __intelectuales__ __sabios__ y __justos__, y no son __cerrados__. (intelectual, sabio, cerrado, justo)

2. Una buena clase es __dinámica__, __interesante__ y __divertida__, y no es __aburrida__. (dinámico, aburrido, interesante, divertido)

3. Un buen amigo es __encantador__, __honrado__ y __sensato__, y no es __deshonesto__. (encantador, honrado, sensato, deshonesto)

4. Una hermana fantástica es __creativa__, __encantadora__ y __divertida__, y no es __insoportable__. (insoportable, creativo, encantador, divertido)

5. Unos buenos padres son __sabios__, __astutos__ y __activos__, y no son __creídos__. (astuto, activo, sabio, creído)

ACTIVIDAD 12 Tu futuro inmediato

Contesta estas preguntas sobre tu futuro. Escribe oraciones completas.

1. ¿Vas a cambiar tu horario este semestre o te gusta el horario que tienes? __Me gusta el horario que tengo.__

2. ¿Qué materias vas a tomar el semestre que viene? __Voy a tomar enfermería matemáticas, y ciencias.__

3. ¿Qué profesor/a va a dar los exámenes más difíciles este semestre? __Todos de mis profesores van a dar los exámenes mas difíciles este__

4. ¿En cuáles de tus clases vas a sacar buena nota este semestre? __Voy a sacar bu notas en todas de mis clases.__

5. ¿Cuándo vas a tener tu primer examen este semestre y en qué clase? __Tuve mi pri examen en la clas de farmacologia la segur semana de escuela.__

> **NOTE:** *In this workbook you will be asked to write about personal topics, such as your family, friends, feelings, and opinions. Feel free to express yourself truthfully or to make up responses. At no time are you obligated to actually tell the truth. The point is to create with language and to improve your communication skills.*

ACTIVIDAD 13 Minipárrafos

Completa estos párrafos sobre tus gustos de una forma lógica.

Me encanta mi clase de ___enfermería___ porque ___es muy divertida.___

_____

_____

(Marca "mal" o "bien" y "profesor" o "profesora" antes de escribir el siguiente párrafo.)

Me cae { (bien) / mal } mi { (profesora) / profesor } de ___español___ porque ___ella es muy___

___cómica.___

_____

_____

Me molestan las personas que son ___perezosas___ porque ___no soy___

___perezosa.___

_____

ACTIVIDAD 14 Tu horario

Completa tu horario de clases y después escribe un párrafo usando las preguntas que siguen como guía.

MI HORARIO DE CLASES					
hora	lunes	martes	miércoles	jueves	viernes
8am	N 355	SLC 203	N 365	SLC 203	
10am		↓		↓	
12pm					
1pm	N 350	N 360	↓		
4pm	↓	↓			
6pm					

¿Cuáles de tus clases te encantan? ¿Cuál es tu clase más fácil? ¿Y la más difícil? ¿Te caen bien tus profesores? ¿Cuál es tu clase más numerosa? ¿Cuántos estudiantes hay en esa clase? ¿Cuál es tu clase menos numerosa? ¿Cuántos estudiantes hay en esa clase? Como es el principio del semestre, ¿vas a cambiar o dejar alguna clase? ¿Te molesta la hora, la cantidad de trabajo u otro aspecto de tus clases?

Me encantan las clases de SLC 203 y N365. Mi más fácil clase es SLC 203, y mi más difícil clase es N350. Me caen bien mis profesores. Mi clase más numerosa es N350. Hay casi veinte estudiantes en esa clase. Mi clase menos numerosa es la clase de SLC 203. Hay seis estudiantes en esa clase. No voy a cambiar o dejar alguna clase. Me molesta las horas y el trabajo de mis clases.

Muy bien

Nuestras costumbres

CAPÍTULO 1

ACTIVIDAD 1 Miniconversaciones

Completa las siguientes conversaciones. Primero, lee la conversación y escoge un solo verbo para todos los espacios en blanco. Después, complétalos con la forma correcta.

1. —¿ _Regresas Conoces_ tú a Ramón Valenzuela?

   —Claro que sí, y _conozco_ a su padre también. (regresar, conocer)

2. —Cuando Uds. _hacen salen_ a bailar, ¿adónde van?

   —Si _salimos_ temprano, vamos al Gallo Rojo y si _salimos_
   tarde, vamos a La Estatua de Oro.

   —Yo no _hago_ mucho, pero normalmente voy al Gallo Rojo también.
   (hacer, salir)

3. —¿Dónde _esquía_ Ud.?

   —En julio y agosto _esquío_ en Bariloche o Las Leñas en Argentina, y en
   enero, febrero y marzo _corro_ en el Valle de Arán en los Pirineos en
   España. Tengo que estar preparada para las Olimpiadas. (correr, esquiar)

4. —Ahora mis abuelos y mis tíos viven a una hora de aquí.

   —Entonces, ¿ _visitas_ a tus parientes con frecuencia?

   —Sí, _visito_ a mis abuelos todos los domingos para comer. Mi abuela es
   una cocinera excelente y siempre prepara algo delicioso. (visitar, comer)

5. —¿Qué película va a _escoger_ Ud.? ¿*Mujeres al borde de un ataque de
   nervios* o *Todo sobre mi madre*?

   —Yo siempre _escojo_ dramas, así que *Todo sobre mi madre*. (escoger,
   practicar)

6. —Alfredo, ¿ _charlas_ a Juan con frecuencia?

   — _Veo_ a Tomás, pero a Juan no. No estamos en la misma oficina
   ahora. (charlar, ver)

ACTIVIDAD 2 La vida universitaria

Lee cada oración, escoge el verbo lógico y escribe la forma apropiada. Luego escribe una "E" si es algo que normalmente hacen los estudiantes o "P" si lo hacen los profesores.

E/P

1. _Dibujan_ durante la clase en sus cuadernos cuando
   están aburridos. (charlar, dibujar)   _E_

2. _____Asisten_____ a reuniones de la facultad. (ahorrar, asistir)

3. _____Discuten_____ a tiempo completo. (trabajar, discutir)

4. _____Comparten_____ dos horas de oficina semanales por cada clase. (tener, compartir)

5. _____Pasan_____ la noche en vela cuando hay examen. (pasar, seguir)

6. _____Ponen_____ material de consulta en la biblioteca. (poner, vender)

7. _____Faltan_____ a clase los viernes o los días después de una fiesta. (escoger, faltar)

8. _____Escogen_____ (miss/slip) los libros de texto. (escoger, contribuir)

9. _____Asisten_____ a ensayos de teatro. (platicar, asistir)

ACTIVIDAD 3 Tus hábitos

Contesta estas preguntas sobre tus costumbres.

1. ¿Cuántas horas por semana estudias normalmente? _Estudio diez y seis horas por semana._

2. ¿Faltas a muchas clases o a pocas clases en un semestre? _Falto a pocas clases en un semestre._

3. ¿Participas en clase o hablas poco? _Yo hablo poco en clase._

4. ¿Escoges clases con profesores buenos e inteligentes o clases fáciles? _Escojo clases con profesores buenos e inteligentes._

5. ¿Apagas el móvil en clase o mandas SMS durante clase? _Mando SMS a veces durante clase._

6. ¿Cuándo haces investigación? ¿Al último momento o con anticipación? _Hago investigación con anticipación._

7. ¿Pasas muchas noches en vela antes de tus exámenes o estudias con anticipación? _Estudio con anticipación._

8. ¿Sacas buenas notas o notas regulares? ¿Por qué? Según tus respuestas a las preguntas 1 a 6, ¿tienes buenos o malos hábitos de estudio? _Saco buenas y regulares notas. Tengo malo hábitos de estudio._

ACTIVIDAD 4 Un dilema

Una estudiante le mandó el siguiente email a una revista para pedir consejos. Completa el email con la forma apropiada de los verbos que están al lado de cada párrafo. Puedes usar los verbos más de una vez.

asistir
compartir
estar
faltar
fotocopiar
ir
ser
tomar

bailar ✓
beber ✓
comer ✓
escoger ✓
gastar ✓
hacer ✓
manejar ✓
molestar ✓
pasar ✓
salir

discutir
saber
sacar
ser

Querida Esperanza:

Yo _____estoy / soy_____ una buena estudiante y estoy en tercer año de la carrera universitaria. Este año, mi hermana menor ____está____ conmigo. Nosotras ____compartimos____ un apartamento cerca de la universidad. Yo ____voy____ a todas mis clases, pero ella ____falta____ a clase con frecuencia. Ella tiene 18 horas de clase por semana, pero solo ____asiste____ a 10 horas de clase. Dice que no es problemático porque los otros estudiantes ____toman____ apuntes y ella lo ____fotocopia____ todo.

Ella siempre ____escoge____ clases fáciles. No le gusta ____hacer____ investigación y por eso solo ____escoge____ clases con exámenes y sin trabajos escritos. Creo que está muy bien por un semestre, pero me ____molesto____ mucho su actitud. Ella no estudia mucho, pero ____pasa____ mucho con sus amigas. Ellas ____bailan____ en las discos, ____comen____ en restaurantes y ____beben____ mucha cerveza. Una cosa buena es que no ____gasta____ porque no tienen carro, pero tampoco tienen dinero para gastos necesarios porque ____salen____ todo el dinero en los bares y en las discos. Luego, como mi hermana pasa el tiempo divirtiéndose, cuando ella tiene exámenes, siempre ____maneja pasa____ noches en vela estudiando y eso no es bueno.

Yo ____soy____ responsable e inteligente, pero no ____sé____ qué hacer con mi hermana. Si ella continúa así, va a ____sacar____ muy malas notas y va a tener problemas en la universidad. No puedo hablar con ella porque últimamente nosotras solo ____discutimos____. ¿Qué puedo hacer?

Responsable pero desesperada

Parte A: Clasifica los siguientes verbos según las categorías indicadas.

ahorrar	conocer	encontrar	pedir	probar	servir
almorzar	costar	entender	pensar	querer	soler
cerrar	decir	escoger	perder	repetir	tener
comenzar	dormir	jugar	poder	sacar	venir
compartir	empezar	manejar	preferir	seguir	volver

e → ie	o → ue	e → i	u → ue	Verbos sin cambios de raíz *(stem)*
cerrar	almozar	decir	costar	ahorrar
comenzar	dormir	pedir	jugar	compartir
empezar	encontrar	preferir	poder	conocer
entender	oblar	repetir	probar	escoger
pensar		seguir	volver	manejar
perder		servir		sacar
querer				
tener				
venir				

Parte B: Pon un asterisco (*) después de los verbos que tienen una forma irregular o un cambio ortográfico (*change in spelling*) en la primera persona (la forma de **yo**) del presente del indicativo.

ACTIVIDAD 6 Miniconversaciones

Completa las siguientes conversaciones. Primero, lee la conversación y escoge un solo verbo para todos los espacios en blanco. Después complétalos usando la forma apropiada.

1. —No sé qué hacer con mi clase.

    —¿Qué pasa?

    —Los estudiantes no ___entienden___ mis explicaciones.

    —¿Quieres ir a mi clase para ver lo que hago yo? (preferir, entender)

2. —¿Qué ___piensan___ hacer Uds. en el futuro?

    —Después de casarnos, ___comienzan___ vivir en el apartamento que ahora alquila mi madre. (comenzar, pensar)

3. —¿A qué hora ___empieza___ la exhibición en la galería?

    —___Empieza___ a las siete en punto, pero el cóctel y la música ___empieza___ a las ocho. (empezar, venir)

4. —Juan es estudiante y trabaja solo diez horas por semana, pero siempre ___ahorra___ dinero.

    —Es increíble, ¿no? Yo no ___ahorro___ nada aunque gasto muy poco. (ahorrar, costar)

    even though

5. —¿___Comparte___ Francisca sus apuntes contigo?

    —Francisca es muy egoísta. No ___comparte___ nada con nadie. (compartir, pedir)

6. —¿Qué ___dice___ Alejandro de sus vecinos?

    —No mucho. Pero nosotros ___decimos___ que ellos están locos. (probar, decir)

    to taste/test

7. —¿___Vienen___ Uds. a la facultad para asistir al congreso este fin de semana?

    attend

    —José Carlos ___viene___ el viernes por la tarde, pero Marcos y yo ___venimos___ el sábado. (dormir, venir)

ACTIVIDAD 7 La respuesta

En la Actividad 4 completaste un email de una estudiante. Ahora vas a completar la respuesta a ese email. Primero, lee el email de la Actividad 4. Segundo, lee la respuesta. Tercero, complétala con la forma apropiada de los verbos que están al lado de cada párrafo. Puedes usar los verbos más de una vez.

Querida Responsable pero desesperada:

empezar *to begin*
entender *learn*
ir *can*
poder
probar *taste/try*
ser

¿Qué _____vas_____ hacer tú? Absolutamente nada. Tu hermana no es una niña pequeña, ya _____es_____ una mujer joven y las mujeres jóvenes toman sus propias decisiones. Algunas de estas van a ser buenas y otras _____van_____ a ser malas. Ella es rebelde y, por eso, lo _____entiende_____ todo. En este momento tu hermana no _____entiende_____ las consecuencias de sus actos. Pronto va a _____empezar_____ a ser más responsable.

cerrar *to close*
pedir *to put for/side*
poder
querer
seguir
ser

Si _____quieres_____ ser una buena hermana, no lo _____puedes_____ criticar todo. Si ella _____pide_____ ayuda, entonces puedes darle tu opinión. Si tú _____sigues_____ con tu crítica, _____cierras_____ la puerta de la comunicación con ella. Debes aceptar que tú no _____eres_____ su madre sino su hermana.

Con esperanza de Esperanza

ACTIVIDAD 8 Somos perfectos

Escribe oraciones que los describan a Uds. y a sus amigos. Uds. son perfectos, pero sus amigos son un desastre.

1. ellos / dormir poco / todas las noches
   Ellos duermen poco todas las noches.

   nosotros / dormir bien / siempre
   Dormimos bien siempre.

2. ellos / soler beber / alcohol en las fiestas
   Suelen beber alcohol en las fiestas

   nosotros / no soler beber / alcohol
   No solemos beber alcohol.

3. ellos / no pensar en / la ecología
   Ellos no piensan en la ecología.

   nosotros / siempre pensar en / la ecología
   Siempre pensamos en la ecología.

4. ellos / faltar a / clase con frecuencia
   Faltan a clase con frecuencia.

   nosotros / no faltar a / clase
   No faltamos a clase.

5. ellos / mentir / mucho
   Mienten mucho.

   nosotros / no mentir / nunca
   No mentimos nunca.

6. ellos / decir / cosas tontas

Ellos dicen cosas tontas

nosotros / decir / cosas inteligentes

Decimos cosas inteligente.

> **NOTE:** Remember to use **hace** + time expression + present tense of verb when stating how long an action has been going on. When you are not exactly sure of the duration, insert **como** before the time expression.

ACTIVIDAD 9 ¿Cuánto tiempo hace que...?

Contesta las siguientes preguntas sobre tu familia usando oraciones completas (incluye un verbo en cada respuesta). ¡Ojo! Según tus respuestas, es posible que no tengas que contestar todas las preguntas.

1. ¿Dónde viven tus padres? _Mi madre vive en milwaukee._

¿Cuánto tiempo hace que viven allí? _Vive allí toda vida._

¿Te gusta la ciudad donde viven ellos? _No le gusta la ciudad donde ella vive._

2. ¿Trabaja tu padre o está jubilado? Si trabaja, ¿dónde trabaja y qué hace? _Mi mama trabaja a R.C.I. Ella es un enferma._

Si trabaja, ¿cuánto tiempo hace que trabaja? Si está jubilado, ¿cuánto tiempo hace que está jubilado? _Hace casi nueve horas que mi mama trabaja cada día._

¿Y tu madre? _____

3. ¿Cuánto tiempo hace que estudias en esta universidad? _Hace tres años que estudio en esta universidad._

¿Dónde vives? ¿En una residencia estudiantil, con tu familia o alquilas un apartamento? _Vivo en el dormitorio._

¿Cuánto tiempo hace que vives allí? _Hace siete meses que vivo en la residencia estudiantil._

ACTIVIDAD 10 Email de un amigo

Pablo le escribe a una amiga para contarle acerca de los compañeros en su nuevo trabajo. Completa el email con la forma apropiada de los verbos que están al lado de cada párrafo. Puedes usar los verbos más de una vez.

Querida Mónica:

Te escribo desde mi nuevo trabajo porque me estoy tomando un pequeño descanso. Mariana y Héctor son mis compañeros de oficina. Nosotros _nos ocupamos_ de editar los manuscritos que recibimos de los autores. Tenemos mucho trabajo y es muy variado, por eso nunca _nos divertimos_. Yo _me aburro_ mucho con mi trabajo y con Mariana y Héctor. Nosotros _nos sentimos_ muy cómodos trabajando juntos. Mariana, en especial, es muy graciosa y _se ríe_ de todo.

aburrirse
divertirse
ocuparse
reírse
sentirse

Como en toda oficina, tenemos un tipo que es muy malhumorado y nunca _se ríe_ de nada; cree que es perfecto y no acepta cuando _se equivoca_. Siempre _se queja_ de todo, pero un día de estos va a tener que _se da_ cuenta de que debe ser más considerado con los otros trabajadores. Creo que tarde o temprano nuestro jefe va a cansarse de él.

darse — to grow / make a mistake / complain
equivocarse
quejarse
reírse

La verdad es que no _me quejo_ porque trabajo con gente muy simpática en esta oficina. Tengo suerte porque mi jefe es una persona muy considerada que _se preocupa_ por sus empleados; siempre _se acuerda_ de los cumpleaños de todos y _se ocupa_ de reunir dinero para comprar regalos. Así que, aunque tengo muchísimo que hacer, _me siento_ muy bien en este trabajo.

acordarse
ocuparse — to remember / to worry
preocuparse
quejarse
sentirse

A veces _nos vamos_ después del trabajo cuando los tres tenemos tiempo, aunque hay días que estamos muy ocupados y no _me quejo_ de la oficina hasta las ocho de la noche; pero nosotros no _nos reunimos_ porque muchas veces salimos antes de las seis.

irse
quejarse
reunirse

Cambiando de tema, yo nunca _me acuerdo_ de las charlas eternas que teníamos en el café de la esquina de tu casa. ¿Y tú? ¿_te olvidas_ de esas charlas tan animadas después de clase? ¿Todavía _te reúnes_ con Paco y Lucía en el café? Me gustaría visitarte, pero _me doy_ cuenta de que estás muy ocupada con la universidad.

acordarse
darse
olvidarse — to forget
reunirse — meet

Bueno, tengo que terminar un trabajo. Muchos saludos para ti y tus hermanos y escríbeme cuando tengas tiempo.

Un fuerte abrazo,
Pablo

ACTIVIDAD 11 Las malas costumbres

Lee las siguientes acciones y escribe oraciones para decir si tú haces algunas de estas acciones o si las hace tu compañero/a de cuarto o apartamento.

afeitarse y (no) limpiar el lavabo *sink*
dejar cosas por todas partes *leave everywhere*
bañarse y (no) limpiar la bañera
despertarse temprano y hacer mucho
   ruido (*noise*)
cepillarse los dientes y no ponerle la tapa
   a la pasta de dientes
(no) apagar las luces al salir
(no) lavar los platos después de comer

(nunca) sacar la comida podrida (*rotten*)
   del refrigerador
dormirse en el sofá
acostarse tarde y hacer mucho ruido
maquillarse y dejar el lavabo sucio
sentarse siempre en el mismo lugar
   para mirar televisión
(no) lavarse las manos antes de
   cocinar

Yo _____

_____

Mi compañero/a _se afeita y no limpia el lavabo. Deja cosas por todas partes._

_____

ACTIVIDAD 12 ¿Cómo son Uds.?

Completa las preguntas con la forma apropiada de los verbos indicados y después contéstalas para decir qué hacen tus amigos y tú.

1. ¿Cómo __se divierten__ Uds.? (divertirse)
    Nos divertimos mucho.

_____

2. ¿Dónde __se reúnen__ Uds. para estudiar? (reunirse)
    Nos reunimos para estudiar.

_____

3. Muchos estudiantes tienen interés por la política o por las reglas de la universidad. ¿Por qué asuntos __se interesan__ Uds.? (interesarse)
    La política nos interesamos.

_____

4. ¿De qué __se quejan__ Uds.? (quejarse)
    Las personas que son perezosas nos quejamos.

_____

5. En general, ¿ _Se sienten_ Uds. contentos o frustrados en la universidad?
(sentirse)

Nos sentimos contentos en la universidad!
porque nos gusta la universidad.

¿Por qué? _____

_____

ACTIVIDAD 13 Reacciones

Escribe cinco oraciones para expresar tus reacciones usando los verbos indicados e ideas lógicas de la lista.

los problemas raciales de este país	los políticos que mienten
la escuela de posgrado	la gente que bebe demasiado alcohol
las películas documentales	mis compañeros
el consumo de drogas ilegales	las personas ignorantes

→ preocuparse

Me preocupo por el consumo de drogas ilegales.

1. darse cuenta de
Me doy cuenta de los políticos que mienten.

2. divertirse con
Me divierto con las películas.

3. aburrirse con
Me aburren las personas ignorantes.

4. prepararse para
Me preparo para la fiesta con mis compañeros.

5. reírse de
Me río de la gente que bebe demasiado alcohol.

ACTIVIDAD 14 El diván del psicólogo

Contesta estas preguntas con oraciones completas.

1. ¿Cuándo te enojas? _Me enojo cuando yo tengo que hacer mucha tarea._

2. ¿Te aburres cuando estás solo/a? _No me aburro cuando estoy sola._

3. ¿Te sientes mal si un amigo está triste o no te preocupas? _Me siento mal cuando mi novio está triste._

4. ¿Te preocupas por las personas menos afortunadas? Si contestas que sí, ¿haces algo específico por ellas? _Mi preocupo por las personas menus afortunadas entonces yo les doy dinero._

5. Si te equivocas, ¿te ríes de tus errores o te sientes como un/a tonto/a? _Si me equivoco, me río de mis errores._

6. ¿De qué cosas te olvidas? _A veces me olvido mi tarea._
_____

7. ¿Te acuerdas de comprar tarjetas o regalos de cumpleaños para tus amigos y parientes? _Me acuerdo de comprar regalos de cumpleaños para mis amigos y parientes._

8. Si te sientes mal, ¿prefieres estar acompañado/a o solo/a? _Si me enoja, yo prefiero estar con mi novio o mi madre._

ACTIVIDAD 15 La vida nocturna

Completa el crucigrama. Recuerda que en los crucigramas las palabras no llevan acento.

No sé qué palabras usar.

Horizontal

3. Pobre Juan, su novia lo dejó _____ en la esquina.

6. ¿Quieres salir a dar una _____?

7. Ellos siempre _____ a las 9:00 en el café Comercial. Son las 9:10. ¿Por qué no vamos a ver si están?

9. No me gusta sentarme en la primera _____ del cine porque estoy demasiado cerca de la imagen.

10. Los amigos de Javier suelen _____ los viernes para jugar a las cartas.

11. Si quieres bailar, vas a una _____.

13. Los sábados por la noche, Jorge y sus amigos suelen _____ en el carro de su padre para mirar a las chicas por la calle.

14. Es muy tímido. Nunca quiere _____ a bailar a las chicas.

17. El sábado voy a un _____ de la orquesta filarmónica.

18. Generalmente nos gusta ir al _____ de la esquina para tomar algo.

Vertical

1. Si no tienes entradas, a veces se las puedes comprar a un _____ en la puerta del teatro.

2. No llegó a tiempo porque tuvo un _____.

4. En España, _____ es la acción de salir a un bar o una disco en busca de un futuro novio o novia.

5. *Charlar* en México es _____.

8. Las _____ para el Super Bowl cuestan mucho dinero y es casi imposible comprar una.

12. Él suele _____ a buscarla después de trabajar y luego salen.

15. ¿Qué van a _____ Uds.? ¿Vino, Coca-Cola®, cerveza?

16. Si quieres ver una película, vas al _____.

ACTIVIDAD 16 Por la noche...

Parte A: Completa el siguiente formulario con tu información personal.

Hombre _____   Mujer _____

Casado/a _____   Soltero/a _____

Edad: 18–20 _____   21–30 _____   31–50 _____   51 + _____

Marca si sueles hacer las siguientes actividades y cuándo las sueles hacer:

ACTIVIDADES	ENTRE SEMANA POR LA NOCHE (LUNES A JUEVES)			LOS FINES DE SEMANA POR LA NOCHE (VIERNES A DOMINGO)		
	NUNCA	A VECES	MUCHO	NUNCA	A VECES	MUCHO
ir a un bar		✓			✓	
ir a conciertos	✓				✓	
dar una vuelta con amigos			✓			✓
pasear en el auto			✓			✓
salir a cenar		✓			✓	
ir al cine		✓			✓	
reunirse con amigos en una cafetería		✓				✓
pasar tiempo con amigos	✓			✓		
ligar	✓			✓		
descargar música			✓			✓
subir fotos a Facebook		✓				✓
trasnochar			✓			✓

Parte B: Teniendo en cuenta tus respuestas de la Parte A, ¿te consideras una persona típica o atípica según las costumbres de la cultura de tu país? ¿Por qué?

Me considera una persona típica según las costumbres de la cultura de mi país porque ella y yo (y otras personas) tenemos lo mismo que hacemos. como paseamos en el auto y trasnochamos.

Después del 11 de septiembre en los Estados Unidos y el 11 de marzo en Madrid, la gente toma más precauciones. Termina estas preguntas que se pueden oír al entrar en España con **qué** o **cuál** y escribe respuestas completas basadas en la información entre paréntesis.

1. ¿_Cuál_ es su maleta? (la maleta azul)

   Es la maleta azul.

2. ¿_Cuál_ es su número de pasaporte? (888609999A)

   _Es 888609999A_

3. ¿_Cuál_ es su número de teléfono en los Estados Unidos? (617-555-4321)

   _Es 617-555-4321_

4. ¿_Qué_ va a hacer Ud. en España? (estudiar / hacer turismo)

   Voy a hacer turismo.

5. ¿_Qué_ lleva Ud. en la bolsa? (ropa / libros)

   llevo la ropa en la bolsa.

6. ¿_Qué_ hay en el paquete? (un regalo para un amigo)

   Hay un regalo para un amigo.

7. ¿_Qué_ es? (un podómetro)

   Es un podómetro.

8. ¿_Qué_ es un podómetro? (un aparato que dice cuánta distancia camina uno durante un día)

   Es un aparato que dice cuánta distancia ca
   uno durante

9. ¿_Cuál_ es su dirección de email? (agente99@kaos.com)

   Es agente99@kaos.com

> **NOTE:** *Many uses of* **a** *appear in the conversations in* **Actividades 18** *and* **19**, *not just the personal* **a**.

Completa estas conversaciones con **a, al, a la, a los, a las** o deja el espacio en blanco cuando sea necesario.

1. —¿Vas _a_ venir?

   —No puedo. Tengo que visitar _a_ Sra. Huidobro. Está en el hospital, ¿sabes?

   —No, no lo sabía.

2. —Todos los días mi vecina de 85 años cuida _a_ las plantas, lleva _a_ sus nietos al colegio y visita _a_ su marido que está en una casa de ancianos.

   —Es una mujer increíble.

3. —¿___A___ padre de Beto le gusta la música de Juan Luis Guerra?

   —Le fascina. Escucha ___X___ el álbum *Areíto* todos los días en el carro.

4. —Buscamos ___a___ Pedro Flores y ___a___ Francisco Pérez.

   —Somos nosotros.

   —Es que queremos formar ___a___ una liga para jugar todos los sábados. ¿Les interesa jugar?

   —¿___A___ nosotros? ¡Claro!

5. —¿Cuántos empleados tiene la fábrica nueva?

   —Tiene ___a/X___ 235 personas.

   —¿Tantas? No sabía.

6. —Bueno, yo traigo ___a/los___ totopos, ___a/a___ salsa y ___a/___ guacamole a la fiesta. ¿Y tú?

   —Traigo ___a___ Verónica.

   —¡Oye! ¡No es justo!

ACTIVIDAD 19 ¡Qué viaje!

Parte A: Hace unos días que Paula está en Oaxaca, México, con un grupo de estudiantes norteamericanos para hacer un curso de verano y le escribe una carta a su abuelita mexicana que vive en los Estados Unidos. Completa la carta con **a, al, a la, a los, a las** o deja el espacio en blanco cuando sea necesario.

Oaxaca, 25 de julio

Querida abuela:

Por fin me estoy habituando a mi familia mexicana en Oaxaca. Todavía no tengo mi ropa, pero la aerolínea dice que las maletas van ___a___ llegar pronto. No sé por qué, pero siempre pierdo ___a___ las maletas. Conozco ___a las___ otras personas del grupo, pero quiero hacerme amiga de los mexicanos. Me dicen que tengo que conocer ___al___ Sr. Beltrán, uno de los directores de nuestro grupo que es muy gracioso.

Mi familia es fabulosa. La madre prepara ___la___ comida deliciosa y creo que ya peso un kilo más. Mis hermanos mexicanos son muy extrovertidos y tocan ___X___ la guitarra muy bien. Dicen que por la noche cantan ___a las___ serenatas para sus novias. No sé si es verdad o no, pero sí sé que son muy divertidos. ___A los___ muchachos les gusta salir con frecuencia.

___A___ mí me encanta tu país y quiero volver el verano que viene. ___A las___ todos los del grupo nos fascinan, más que nada, los colores. Se ven colores brillantes por todos lados. Creo que voy a comprar mucha artesanía. Conozco ___X___ un artesano fabuloso. Se llama Javier Mejía y en su tienda vende ___a las___ figuras de papel maché. Quiero aprender ___a___ hacer estas figuras. Ahora pienso buscar ___al___ instructor de artesanía típica que me recomendaron.

Por la mañana, asistimos _a la_ clase tres horas y el resto del tiempo visitamos _____ museos o ruinas zapotecas. Todos los días aprendemos _a las_ palabras nuevas muy útiles. Vamos _a ir_ a Monte Albán mañana y _a_ Mitla la semana que viene. Algún día quiero _a_ trabajar de arqueóloga y poder excavar ruinas.

Bueno, me tengo que ir. Javier y yo vamos _a la_ cafetería esta tarde, después _al_ cine y más tarde pensamos ir _a_ un restaurante. Él es muy simpático, ¿sabes? Saludos _a la_ toda la familia.

Besos y abrazos de
Paula

Parte B: La forma de escribir una carta en español varía un poco de cómo se escribe en inglés. Contesta estas preguntas para aprender cómo se escribe una carta en español.

1. En inglés empezamos con la fecha. En español también debes incluir la fecha, pero hay algo antes. ¿Qué es?

   la dirección _____   la ciudad donde está la persona que escribe __✓__

2. ¿Quién escribe la carta de la Parte A?   Paula __✓__   la abuela _____

   ¿Quién recibe la carta?   Paula _____   la abuela __✓__

   ¿Es una carta formal o informal?   formal __✓__   informal _____

   En inglés usamos coma después del saludo (*Dear Alberto,*). ¿Qué usan en español: coma o dos puntos?   coma _____   dos puntos __✓__

ACTIVIDAD 20 Evita la redundancia

Oíste estas conversaciones en una fiesta. Lee las siguientes preguntas y termina las respuestas de una forma "natural", sin redundancias. Usa un verbo y pronombres de complemento directo como **lo, la, los, las.**

1. —¿Tú quieres comer pizza después en mi apartamento?

   —De verdad, _la como_ todos los días. ¿No tienes otra cosa?

2. —¿Cuándo vas a terminar la redacción para la clase de filosofía?

   —Con suerte voy a _terminarla_ mañana.

3. —¿Está bebiendo Carlos la cerveza que compramos?

   —Sí, está _beberla_ y eso me preocupa porque siempre se emborracha.

4. —¿Me vas a llamar mañana?

   —Claro que _te voy_ a llamar.

5. —¿Tienes mi número de teléfono?

   —¡Huy! Lo siento. No _lo tengo_.

6. —¿Me quieres?

   —_Te quiero_ mucho.

7. —Te invito a cenar mañana si quieres. ¿OK?

   —Si tú _me invita_, claro que voy a decir que sí.

ACTIVIDAD 21 En este momento

Contesta estas preguntas. No tienes que usar los nombres completos de las personas; puedes escribir solo sus iniciales. Si el complemento directo puede ir en dos lugares, escribe las dos posibilidades.

→ ¿Quién va a llamarte mañana?
JC me va a llamar mañana. / JC va a llamarme mañana.

1. ¿Quién te quiere más que nadie en el mundo? _JC me quiere más que_ _nadie en el mundo._

2. ¿Quién quiere visitarte en este momento? _JC quiere visitarme en este_ _momento._

3. ¿Quién te va a invitar a salir este fin de semana? _JC me va a invitar a salir_ _este fin de semana._

4. ¿Quién te está buscando ahora mismo y no te puede localizar? _JC me está_ _buscando ahora mismo y no me puede localizar._

ACTIVIDAD 22 La vida en tu universidad

Contesta estas preguntas sobre la vida estudiantil con oraciones completas. Sigue el modelo.

→ Si tus amigos y tú quieren información sobre programas de estudios en el extranjero, ¿los consejeros los informan?
Sí, los consejeros nos informan.

1. Cuando tus amigos y tú entran en la biblioteca, ¿los bibliotecarios los ayudan si tienen preguntas?
   Sí, nos bibliotecarios nos ayudan si tenemos preguntas.

2. Al entrar en el estadio de fútbol americano o de basquetbol, ¿los vigilan para ver si tienen alcohol?
   Sí los vigilan para ver si tienen alcohol.

3. En la oficina de servicios para estudiantes, ¿los atienden con eficiencia o los hacen esperar?
   Los atienden con eficiencia.

4. En las cafeterías, ¿los saludan los cajeros?
   Sí, los saludan los cajeros

5. ¿Los profesores los ven en sus horas de oficina si tienen preguntas?
   Sí los profesores nos ven en sus horas de oficina si tienen preguntas

6. ¿Los empleados de la universidad los tratan bien o mal?
   Los tratan mal

ACTIVIDAD 23 Una persona que admiro

Parte A: El periódico de la universidad te pidió un artículo sobre un/a pariente que admiras mucho. Antes de escribir el artículo, anota algunas ideas sobre esa persona.

Nombre ___T. J.___

Descripción física ___baja___, ___hermosa___

Parentesco (hermano/a, tío/a, etc.) ___madre___

Ocupación ___enfermera___

Descripción de su personalidad ___cómica___, ___inteligente___

Gustos (le gusta…, le fascina…, se interesa por…, etc.) ___cocinar___, ___ir de compas___, ___viajar el mundo___

Qué hace normalmente (corre, trabaja, suele…, juega al…) ___trabaje___, ___pasar con sushius___, ___mirar peliculas___ ___nadar en la piscina___

Qué hace para divertirse ___ir al bar con su novio___

Planes futuros (va a…) ___va a Alverno por BSN___, _____

Por qué admiras a esa persona ___porque es mi madre y te llamo!___

Parte B: Organiza tus apuntes de la Parte A y decide qué vas a incluir y qué no vas a incluir en tu artículo. Escribe dos párrafos sobre esa persona que admiras.

Admiro mi madre. Ella es baja y hermosa. Es una enferma, y va a esivela por BSN. Ella es muy cómica y inteligente. Le gusta cocinar para la familia, va de compas, y nada en la piscina. Normalmente, ella trabaja en RCI. Para divertirse, va al bar con su novio. ¡Te llamo mi mama! ¡Ella es muy fuerte!

_____

_____

_____

_____

_____

_____

_____

España: pasado y presente

13 prg

CAPÍTULO
2

ACTIVIDAD 1 Interpretaciones

Examina las siguientes oraciones sobre la historia de España y la colonización del continente americano. Indica cuál de los gráficos explica mejor el uso del pretérito en cada oración.

A. una acción completa en el pasado   X

B. el comienzo o el fin de una acción   X...   ... X

C. el período de una acción   [X]

1. __A__ En el año 711, los moros invadieron la península ibérica, que hoy en día se compone de España, Portugal y Gibraltar.

2. __C__ Los moros estuvieron en la península por 781 años.

3. __A__ La victoria cristiana, en Granada, en 1492 marcó el final de la presencia mora en la península.

4. __A__ La boda de Fernando e Isabel inició la unión de las regiones de Aragón y Castilla, el primer paso hacia lo que es la España de hoy.

5. __A__ Cristóbal Colón se emocionó al recibir la noticia de la reina Isabel sobre la financiación y el apoyo de sus exploraciones hacia la India.

6. __A__ En 1518 Hernán Cortés llegó a México.

7. __A__ Pronto empezaron a llegar clérigos para fundar misiones y conquistadores en busca de tesoros.

8. __B__ Los españoles ejercieron control sobre partes de Hispanoamérica durante más de cuatro siglos.

9. __B__ Franco fue dictador desde 1939 hasta su muerte en 1975.

10. __C__ Se celebraron la feria mundial (la Expo 92, en Sevilla) y también los Juegos Olímpicos en Barcelona en 1992, quinientos años después de la llegada de Colón a América.

ACTIVIDAD 2 Los Reyes Católicos

Completa estos datos sobre la vida de Isabel y Fernando con las formas apropiadas del pretérito de los verbos indicados.

1451 ___Nació___ Isabel I de Castilla. (nacer)

1452 ___Nació___ Fernando II de Aragón. (nacer)

1469 ___se casaron___ Fernando II de Aragón e Isabel I de Castilla. (casarse)

1478 Los Reyes Católicos ___iniciaron___ la Inquisición española. (iniciar)

1479   Fernando e Isabel __unieron__ las regiones de Aragón y Castilla. (unir)

__Nació__ Juana la Loca, la primera hija de los reyes. (nacer)

1492   Los cristianos __vencieron__ a los moros en Granada. (vencer)

El reino español __expulsó__ a los judíos de la península. (expulsar)

El reino __financió__ la primera expedición de Cristóbal Colón. (financiar)

1496   __Se casó__ Juana la Loca y Felipe el Hermoso (de Austria). (casarse)

1504   __Murió__ la reina Isabel. (morir)

__Subió__ al poder Juana la Loca y su esposo Felipe el Hermoso para ser los reyes de Castilla. (subir)

1506   __Murió__ Felipe el Hermoso. (morir)

El rey Fernando __asumió__ la regencia de Castilla. (asumir)

1507   __Contrajo__ matrimonio el rey Fernando con Germana de Foix. (contraer)

1516   __Murió__ el rey Fernando. (morir)

> **NOTE:** *Stem-changing verbs ending in* **-ar** *and* **-er** *have no changes in the preterit. Stem-changing verbs ending in* **-ir** *have a change only in the third-person preterit forms; this is the second change noted in the vocabulary list entries:* **competir (i, i).**

ACTIVIDAD 3 Acontecimientos

Los siguientes acontecimientos deportivos ocurrieron durante tu vida. Escribe la forma apropiada de los verbos indicados.

1. En 2008, las Olimpiadas __tuvieron__ lugar en Beijing y el *show* de apertura __fue__ espectacular. (tener, ser)

2. En 2012, nueve venezolanos __jugaron__ en la Serie Mundial de Béisbol: seis para los Gigantes de Nueva York y cuatro para los Tigres de Detroit. (jugar)

3. En 2012, Miguel Cabrera __recibió__ el trofeo al Jugador más Valioso de la Liga Americana de Béisbol. (recibir)

4. En 2012, Serena Williams, __compitió__ en Wimbledon, el Open de los Estados Unidos y en las Olimpiadas y __ganó__ en los tres. (competir, ganar)

5. A los 17 años, Rafael Nadal __empezó__ a jugar en los torneos del Grand Slam de tenis en 2003. (empezar)

6. La selección de fútbol de España __ganó__ la Copa Mundial en Sudáfrica en 2010. (ganar)

7. En 2012, Lionel Messi __batió__ el récord mundial cuando __marcó__ 91 goles en una temporada. (batir, marcar)

8. En el año 2012, la Asociación Nacional de Basquetbol __nombró__ a LeBron James como el mejor jugador por tercera vez en cuatro años. (nombrar)

> **NOTE:** Remember the following spelling conventions: **ca, que, qui, co, cu / za, ce, ci, zo, zu / ga, gue, gui, go, gu**

ACTIVIDAD 4 ¿Qué hiciste?

¿Cuáles de las siguientes cosas hiciste?

1. **La semana pasada**

   buscar información en la biblioteca   comer en un restaurante

   discutir con alguien   entregar la tarea a tiempo

   ver una película   sufrir durante un examen

   tocar un instrumento musical   enfermarte

   asistir a un partido de fútbol/basquetbol/etc.   hacer otra cosa (¿qué?)

   Discutí con alguien. Vi una película y asistí a un partido
   de fútbol. Comí en un restaurante con mi novio. Tambien,
   yo entregue la tarea a tiempo y sufrí durante un examen.
   _____

2. **El verano pasado**

   ganar dinero   viajar a otro país

   vivir con tus padres   alquilar un apartamento

   comenzar un nuevo trabajo   asistir a un concierto

   empezar a / dejar de salir con alguien   hacer otra cosa (¿qué?)

   El verano pasado, yo gané dinero. Viajé a Houston,
   texas y asistí a un concierto con PNB Rock.
   _____
   _____

> **NOTE:** Review preterit forms of **-ir** stem-changing verbs and of irregular verb forms.

ACTIVIDAD 5 Acciones

Di cuándo fue la última vez que hiciste las siguientes cosas y cuándo fue la última vez que las hizo un/a amigo/a. Usa estas expresiones al contestar: **anoche, ayer, anteayer, la semana pasada, el mes/año pasado, hace (tres) días/semanas/meses/años**, etc.

1. quedarse dormido/a leyendo

   Yo: _El jueves pasado yo me quedé dormida._

   Mi amigo/a: _Se quedó dormido anoche._

2. mentir

   Yo: _Mentí a mi novio sobre los regalos le compré el mes pasad_

   Mi amigo/a: _El año pasado ella mintió._

3. hacer ejercicio

   Yo: _El verano pasado yo hice ejercicio con mi novio._

   Mi amigo/a: _No supe cuando mi amiga hizo ejercicios._

4. llevar a un/a amigo/a a tu casa

   Yo: _Hace seis meses que llevó a una amiga a mi casa_

   Mi amigo/a: _llevó un amiga a su casa el verano pasado._

5. conocer a una persona interesante

   Yo: _El año pasado conocí a una persona interesanta_

   Mi amigo/a: _Conoció a una persona interesante ayer._

6. saber una verdad difícil de aceptar

   Yo: _Anoche supe una verdad difícil de aceptar._

   Mi amigo/a: _Nunca supo una verdad difícil de aceptar._

7. no poder terminar una tarea a tiempo

   Yo: _El mes pasado no puede terminar una tarea a tiempo._

   Mi amigo/a: _Ayer pudo terminar su tarea en tiempo._

8. divertirse un montón

   Yo: _Anteayer me diverti un montón_

   Mi amigo/a: _Nunca se divirtió un montón._

NOTE: *Do not list two things that you did simultaneously. For example, if you studied and listened to music at the same time, only list one activity and not both.*

ACTIVIDAD 6 ¿Qué hiciste?

Parte A: Haz una lista de seis cosas que hiciste anoche. Escribe solamente una actividad en cada espacio en blanco.

1. _Fui a ver el doctor de los ojos._

2. _Comí con mi novio._

3. _Pasé tiempo con mis hermanos de mi hermandad._

4. _Casi luché porque unas niñas intentaron luchar mi amiga_

5. _Hablé con mis hermanas sobre tarea, trabajo y per_

6. _Me dormí a la uno de la mañana._

Parte B: Usa la lista de la Parte A para escribir una narrativa sobre qué hiciste anoche. Usa palabras como **primero, segundo, después (de + *infinitivo*), más tarde, luego, antes (de + *infinitivo*), enseguida, al final.**

Primero, yo fui a visitar con mi doctor de los ojos. Me dió gafas nuevas. Segundo, yo comí cena con mi novio. Después de comer, pasé tiempo con mis hermanas de la hermandad. Antes de pasarles, casi luche muchas amigas porque ellas intentaron luchar mi amiga. Después de casi luchar, yo hablé con mis hermanas sobre tarea, trabajo y personas. Al final, me dormí a la una de la mañana.

ACTIVIDAD 7 Historia

Forma oraciones sobre la historia española.

1. los moros / invadir / la península ibérica

   _____

2. los clérigos españoles / fundar / misiones en el continente americano

   _____

3. los conquistadores / llevar / a esclavos negros para trabajar

   _____

4. los ingleses / colonizar / el nordeste de los Estados Unidos

   _____

5. los portugueses / explorar / Brasil

   _____

6. muchos intelectuales españoles / irse / a América para escapar de la dictadura de Franco

   _____

ACTIVIDAD 8 Más historia

Completa las preguntas con la forma apropiada del verbo indicado y después contéstalas usando la frase **hace… años que…**

1. ¿Cuántos años hace que ___murió___ la reina Isabel la Católica?
   (morir / 1504) 514

   Hace 514 años que murió.

   _____

2. ¿Cuántos años hace que el explorador Magallanes ___llegó___ a las islas Filipinas? (llegar / 1521)

   Hace 531 años que llegó.

   _____

3. ¿Cuántos años hace que un conquistador español _____pisó_____ tierra en lo que hoy en día es el estado de Texas? (pisar / 1519) *uan*

   Hace 497 años que pisó tierra.

4. ¿Cuántos años hace que Simón Bolívar _____liberó_____ Venezuela del dominio español? (liberar / 1821) *197*

   Hace 197 años que liberó Venezuela.

5. ¿Cuántos años hace que Guinea Ecuatorial, una excolonia española en África, _____logró_____ su independencia total? (lograr / 1968) *50*

   Hace 50 años que logró su independencia total.

ACTIVIDAD 9 ¿Cuándo?

Lee las siguientes frases y escribe una oración que indique cuál de las dos acciones ocurrió primero.

→ recibir una carta de aceptación de la universidad / terminar la escuela secundaria
Ya había terminado la escuela secundaria cuando recibí una carta de aceptación de la universidad.

1. terminar el segundo año de la escuela secundaria / sacar el permiso de manejar

   Ya había terminado el segundo año de la escuela secundaria cuando saqué el permiso de manejar.

2. visitar la universidad / solicitar el ingreso a (to apply to) la universidad

   Había solicitado el ingreso a la universidad cuando la visité.

3. tomar el examen de SAT / cumplir los 18 años

   Había tomado el examen de SAT cuando cumplí los 18 años.

4. graduarme de la escuela secundaria / decidir a qué universidad ir

   Había decidido a qué universidad ir cuando me gradué la escuela secundaria.

5. terminar la escuela secundaria / cumplir los 18 años

   Había cumplido los 18 años cuando terminé la escuela secundaria.

6. decidir qué carrera estudiar / empezar los estudios universitarios

   Había decidido qué carrera estudiar cuando empecé los estudios universitarios.

ACTIVIDAD 10 El cine

Completa el crucigrama. Recuerda que en los crucigramas las palabras no llevan acento.

Horizontal

2. Pedro Almodóvar es _____ de cine.

4. Si es para niños, es una película _____.

5. El Oscar es un tipo de _____.

7. Los _____ de las películas de Pedro Almodóvar suelen ser gente marginada como los travestis de *Todo sobre mi madre*.

10. Esa película es _____ para todos los públicos.

12. Cuando dan una película en el cine, se dice que está en _____.

13. Si una película de suspenso tiene un buen _____, el final siempre es una sorpresa.

14. Me encantan las películas de ciencia _____ como *La guerra de las galaxias*.

15. La música que acompaña una película es la banda _____.

Vertical

1. En la película *Frida*, Salma Hayek hace el _____ de la pintora mexicana Frida Kahlo.

3. Nunca estoy de acuerdo con los _____ de los periódicos. Si a ellos no les gusta algo, a mí sí que me gusta.

6. Antes de empezar a ver una película, siempre ponen _____ de las películas que están por estrenarse.

8. La primera noche de una película en el cine es el _____.

9. Me fascinan los _____ especiales en las películas de acción.

11. PG es una clasificación _____ en los Estados Unidos.

Parte A: Lee la siguiente ficha técnica de la película *Hombres armados* y contesta las preguntas que están a continuación.

Hombres armados

TÍTULO ORIGINAL	*Men With Guns*
AÑO	1997
DURACIÓN	128 min
PAÍS	Estados Unidos
DIRECTOR	John Sayles
GUION	John Sayles
MÚSICA	Mason Daring
FOTOGRAFÍA	Slawomir Idziak
REPARTO	Federico Luppi, Damián Alcázar, Tania Cruz Damián Delgado, Dan Rivera González, Mandy Patinkin, Kathryn Grody
PRODUCTORA	Sony Pictures Classic presenta una producción Lexington Road / Clear Blue Sky / The Independent Film Channel / Anarchists' Convention
GÉNERO Y CRÍTICA	1997: San Sebastián: Premio de la Crítica Internacional / Drama / SINOPSIS: El Dr. Fuentes es un hombre en busca de su legado: siete estudiantes de medicina que entrenó para trabajar en villas nativas paupérrimas. Pero desde el inicio comienza a sospechar que "hombres armados" llegaron antes que él, y es confrontado a cada paso con realidades sangrientas que siempre ignoró. Ahora, su búsqueda está casi frustrada, a excepción de una mítica villa ubicada en las profundidades de la selva: un último refugio de la esperanza llamado "Cerca del Cielo". (FILMAFFINITY)
	"Obra maestra" (Carlos Boyero: diario *El Mundo*)
	"Dos apasionantes horas de tragedia de investigación política y humana" (Vicente Molina Foix: *Cinemanía*)
	"Luppi, genial y atónito, se ve atrapado por su particular viaje al corazón de las tinieblas. Sin concesiones moralistas, lo que emerge es algo más que una excelente película; un lúcido ejercicio que dibuja los contornos del sufrimiento". (Luis Martínez: diario *El País*)
PUNTUACIÓN MEDIA	**7.6**

© Cengage Learning 2015

1. ¿Quién dirigió la película? _____

2. ¿Quién escribió *Hombres armados*? _____

3. ¿Quién es el protagonista principal de la película? _____

4. ¿Quién hizo la banda sonora? _____

5. ¿De qué género es? _____

6. ¿De qué país es y en qué año se estrenó? _____, _____

7. ¿Ganó algún premio? Sí _____ No _____

   Si contestas que sí, ¿cuál? _____

Parte B: Lee la siguiente ficha técnica de la película *Como agua para chocolate* y contesta las preguntas que están a continuación.

Como agua para chocolate

Como agua para chocolate

1992

114 min

México

<u>Alfonso Arau</u>

Laura Esquivel (Novela: Laura Esquivel)

Leo Brouwer

Emmanuel Lubezki y Steve Bernstein

<u>Marco Leonardi</u>, <u>Lumi Cavazos</u>, <u>Regina Torné</u>, <u>Ada Carrasco</u>, <u>Yareli Arizmendi</u>, <u>Mario Iván Martínez</u>, <u>Claudette Maille</u>, <u>Pilar Aranda</u>, <u>Rodolfo Arias</u>, <u>Margarita Isabel</u>, <u>Farnersio de Bernal</u>, <u>Joaquín Garrido</u>, <u>Sandra Arau</u>

Instituto Mexicano de Cinematografía

1992: diez Premios Ariel incluyendo el de Mejor Película
- -
Melodrama surrealista. Comedia romántica / Historia de amor y gastronomía ambientada en el México fronterizo de principios de siglo XX. Tita y Pedro ven obstaculizado su amor cuando Mamá Elena decide que Tita, su hija menor, debe quedarse soltera para cuidar de ella en su vejez. Entre los olores y sabores de la cocina tradicional mexicana, Tita sufrirá largos años por un amor que perdurará más allá del tiempo. (FILMAFFINITY)
- -
"Sobresaliente y brillante adaptación de la interesantísima obra de Laura Esquivel" (Fernando Morales: diario *El País*)
- -

PUNTUACIÓN MEDIA **7.1**

---

1. ¿Quién produjo la película? _____

2. ¿Quién la dirigió? _____

3. ¿Quién escribió *Como agua para chocolate*? _____

4. ¿Cómo se llaman los dos amantes de la película? _____ y _____

5. ¿Quién hizo la banda sonora? _____

6. ¿De qué género es? (¡Ojo! Nombra dos géneros.) _____ y
_____

7. ¿Dónde se filmó y en qué año se estrenó? _____, _____

8. ¿Ganó algún premio? Sí _____ No _____
Si contestas que sí, ¿cuál o cuáles? _____

Contesta estas preguntas sobre películas para dar tu opinión.

1. Entre *Hombres armados* y *Como agua para chocolate* de la Actividad 11, ¿cuál te gustaría ver y por qué? Menciona aspectos del argumento al contestar.

   _____

   _____

2. ¿Qué película ganó el premio a la Mejor Película en los Oscar el año pasado? ¿La viste?

   _____

   _____

3. ¿Cuál fue la última película que viste? ¿De qué género es? ¿Quién la dirigió? ¿Quiénes actuaron en la película? ¿Todavía está en cartelera? Escribe una sinopsis de la película.

   _____

   _____

   _____

   _____

   _____

   _____

4. ¿Sueles bajar de Internet bandas sonoras de películas? Si contestas que sí, ¿cuál fue la última que bajaste? _____

   _____

5. ¿Te gustan más las películas taquilleras, las independientes o las extranjeras? ¿Por qué?

   _____

   _____

   _____

Alejandro tuvo un día interesante pero agitado. Di qué hizo y a qué hora lo hizo. Sigue el modelo.

   → 6:30 / levantarse

   Eran las seis y media cuando se levantó.

1. 7:30 / desayunar en una cafetería

   Eran las siete y media cuando desayunó en una cafetería

2. 8:15 / tener un accidente de tráfico

   Eran las ocho y cuarto cuando tuvo un accidente de tráf

3. 9:00 / empezar su primera clase

   Eran las nueve cuando empezó su primera clase.

4. 9:20 / llegar a clase

Eran las nueve y veinte cuando llegó a clase.

5. 10:55 / llevar el carro al mecánico

Eran las once menos cinco cuando llevó el carro al mecánico.

6. 1:00 / divertirse con el perro de un amigo

Era la una cuando se divirtió con el perro de un amigo.

7. 3:15 / caminar a la biblioteca para estudiar

Eran las tres y cuarto cuando caminó a la biblioteca

8. 6:30 / asistir a una conferencia para la clase de arte

Eran las seis y media cuando asistió a una conferencia.

9. 8:45 / cenar en casa de su madre

Eran las nueve menos cuarto cuando cenó en casa de su madre

10. 11:00 / volver caminando a su apartamento

Eran las once cuando volvió caminando a su apartamento

11. 11:40 / empezar a ver un programa de televisión

Eran las doce menos veinte cuando empezó a ver un programa de tele.

12. 12:30 / ducharse

Eran las doce y media cuando se duchó.

13. 1:00 / acostarse

Era la una se acostó

ACTIVIDAD 14 La vida de Penélope Cruz

Escribe oraciones diciendo cuántos años tenía la actriz española Penélope Cruz cuando hizo o pasaron las siguientes cosas.

→ 5 / tomar su primera clase de baile

Tenía cinco años cuando tomó su primera clase de baile.

1. 12 / ver la película *Átame* de Pedro Almodóvar con Victoria Abril / y / decidir ser actriz para trabajar con el director *Tenía doce años cuando vió la película Átame y decidió ser actriz.*

2. 15 / recibir trabajo / televisión *Tenía quince años que recibió trabajo de televisión.*

3. 15 / hacer / el video musical *La fuerza del destino* / con Mecano *Tenía quince años cuando hizo el video musical con Mecano.*

4. 17 / actuar / las películas *Jamón jamón* y *Belle époque* *Tenía diez y siete años cuando actuó las películas Jamón Jamón y Belle époque.*

5. 23 / empezar a trabajar / con Pedro Almodóvar / la película *Carne trémula* *Tenía veintitrés años cuando empezó a trabajar con Pedro en la película.*

6. 27 / iniciar / una relación / con Tom Cruise _Tenía 27 años cuando_ _inició una relación con Tom._

7. 27 / hacerse / un tatuaje / con los números 883 / tobillo derecho _Tenía 27 años_ _cuando se hizo un tatuaje con los números 883._

8. 31 / filmar / *Sahara* / y / tener / una relación / con Matthew McConaughey _Tenía 31_ _años cuando filmó Sahara y tuvo una relación con Ma_

9. 32 / ganar $2.000.000 / como representante de L'Oréal _Tenía 32 años cuan_ _ganó $2.000.000.000 como representante de L'oreal._

10. 34 / introducir / una línea de ropa / en España / con la hermana _Tenía 34 años_ _que introdució una línea de ropa en España con la_ _hermana._

11. 34 / ganar / el Oscar a la Mejor Actriz de Reparto / la película *Vicky Cristina Barcelona* _Tenía 34 años cuando ganó_

12. 37 / casarse / con Javier Bardem / y / tener un bebé _Tenía 37 cuando se casó con Javier y tuvo un beb_

ACTIVIDAD 15 La edad

Parte A: Contesta estas preguntas sobre tu vida.

¿Cuántos años tenías cuando…

1. empezaste a ayudar con las tareas domésticas? _Tenía doce años._

2. tus padres te dejaron en casa solo/a por primera vez? _Tenía veinte años._

3. pasaste la noche en casa de un/a amigo/a? _Tenía once años._

4. viste una película con una clasificación moral de *R*? _Tenía 18 días._

5. recibiste tu primer móvil? _Tenía 18 años._

6. un chico o una chica te besó por primera vez? _Tenía 14 años._

7. tus padres te permitieron salir con un/a novio/a? _Tenía 16/17 años._

8. abriste una cuenta bancaria? _Tenía 15 años._

9. conseguiste tu primer trabajo? _Tenía 18 años._

Parte B: Ahora contesta estas preguntas.

1. En tu opinión, ¿tuviste mucha responsabilidad de joven? *En mi opinion, no tuve mucha responsabilidad de joven.*

2. ¿Cuál de estas posturas vas a tomar si eres padre o madre algún día: "Es mejor dejar a los niños ser niños" o "Los niños deben aprender rápidamente cómo es el mundo; cuantas más responsabilidades mejor"? *La postura voy a tomar es, "Es mejor dejar a los niños ser niños."*

ACTIVIDAD 16 Tu vida

Parte A: Di cuándo fue la última vez que hiciste estas actividades. Usa frases como **esta mañana, ayer, anteayer, la semana pasada, hace dos/tres semanas, el mes pasado, hace dos/tres/etc. meses, el año pasado, hace dos/tres/etc. años**.

1. ir al médico para un chequeo *Ayer fui al médico para un chequeo.*

2. hacerte una limpieza de dientes *Hace dos semanas que me hice una limpieza de dientes.*

3. ir al dentista *El mes pasado fui al dentista.*

4. usar hilo dental *El año pasado usé hilo dental.*

5. comer ensalada *Ayer comí ensalada.*

6. quemarte al sol (*get sunburned*) *Nunca me quemé al sol.*

7. hacer ejercicio aeróbico *Anoche hice ejercicio aeróbico.*

Parte B: Contesta esta pregunta: ¿Tienes buenos hábitos o debes cambiar algo para llevar una vida más sana?
Tengo buenos y malos hábitos. Unos habitos debo cambiar algo para llevar vida más sana.

Usando las expresiones de secuencia de la primera columna y los acontecimientos de la segunda columna, haz un breve resumen de la conquista española de América.

Primero	→	Colón hablar con los Reyes Católicos sobre su viaje
8 años más tarde, en 1492	→	Isabel decidir financiar el viaje
antes de eso	→	los reyes haber vencido a los moros
el 12 de octubre de 1492	→	Colón pisar tierra americana
enseguida	→	empezar una ola de exploración
inmediatamente	→	los clérigos llevar la palabra de Dios a los indígenas
durante más de 400 años	→	continuar la dominación española / morir muchos indígenas a causa de guerras y enfermedades
finalmente	→	Hispanoamérica liberarse de la colonización cuando España perder la guerra hispano-estadounidense

Primero Colón habló con los Reyes Católicos sobre su viaje. 8 años más tarde Isabel decidió financiar el viaje. Antes de eso los reyes habían vencido a los moros. El 12 de octubre de 1492 Colón pisó tierra americana. En seguida, empezó una ola de exploración. Inmediatamente lo clérigos llevó la palabra Dios a los indígenas. Durante más de 400 años continuó la dominación española murió muchos indígenas a causa de guerras y enfermedades. Finalmente Hispanoamérica se liberaron de la colonización cuando España perdió la guerra hispana - estadounidense.

La América precolombina

NOTE: *The 24-hour clock is used in this activity (17:30 = las cinco y media).*

ACTIVIDAD 1   ¿Dónde y qué?

Parte A: Alfredo y Mónica se casaron el mes pasado, pero tienen un problema: ella trabaja de día y él de noche. Indica dónde estaba y qué hacía ella ayer a las siguientes horas. Sigue el modelo.

→ ayer / 3:30 / ella / dormitorio / dormir tranquilamente

Ayer a las tres y media ella estaba en el dormitorio y dormía / estaba durmiendo tranquilamente.

1. ayer / 8:45 / ella / carro / manejar al trabajo _Ayer a las nueve menos cuarto ella estaba en el carro y manejaba al trabajo._

2. ayer / 12:40 / ella / oficina / atender a un cliente _Ayer a las doce y cuarenta ella estaba en la oficina y estaba atendiendo a un cliente._

3. ayer / 18:30 / ella / supermercado / hacer la compra _Ayer a las seis y media ella estaba al supermercado y estaba haciendo la compra_

4. ayer / 19:45 / ella / cocina / preparar la cena _Ayer a las ocho menos cuarto ella estaba en la cocina y preparaba la cena._

Parte B: Ahora indica qué estaba haciendo Alfredo mientras Mónica hacía las actividades de la Parte A.

→ ella / dormir / él / trabajar

Mientras ella dormía / estaba durmiendo, él trabajaba / estaba trabajando.

1. ella / manejar al trabajo / él / prepararse para dormir _Mientras ella manejaba el trabajo, él se preparaba para dormir._

2. ella / atender a un cliente / él / dormir _Mientras ella atendía a un cliente, él estaba durmiendo._

3. ella / hacer la compra / él / hacer ejercicio _Mientras ella hacía la compra, él estaba haciendo ejercicio._

4. ella / preparar la cena / él / ducharse _Mientras ella preparaba la cena, él se duchaba._

ACTIVIDAD 2 Un día típico

Siempre hay mucho movimiento en la oficina de American Express® en Caracas. Di qué estaban haciendo las siguientes personas mientras sus compañeros hacían otras actividades.

→ un cliente mandar un fax / la contadora contar el dinero

Un cliente mandaba / estaba mandando un fax mientras la contadora contaba / estaba contando el dinero.

1. la cajera vender cheques de viajero / el recepcionista contestar el teléfono _____
   La cajera vendía cheques de viajero mientras el recepcionista co

2. un empleado comer un sándwich / su compañera preparar un informe Un empleado
   comía un sandwich mientras su compañero preparaba un in

3. un empleado hacer fotocopias / otro empleado calmar a un cliente histérico Mientras
   un empleado hacía fotocopias, otro empleado calmaba a un cl

4. el director entrevistar a un posible empleado / una cliente recibir información sobre hist
   viajes Mientras el director entrevistar a un posible empleado,
   una cliente recibía información sobre viajes.

ACTIVIDAD 3 Los otavalos

Completa las siguientes oraciones con el imperfecto o el presente de los verbos indicados en el orden en que aparecen para describir qué hacían los otavalos en Ecuador antes de la llegada de los españoles y cómo es su vida hoy en día.

1. Antes de la llegada de los españoles, los otavalos _utilizaban_ llamas como animales de carga y todavía las _usaban_. (usar, utilizar)

2. Antes de 1492, _celebraban_ el festival de Inti Raymi todos los años. Hoy en día todavía lo _celebran_ pero, por influencia del catolicismo, también _asisten_ procesiones en Semana Santa y _hacen_ a la misa del gallo el 24 de diciembre a la medianoche. (celebrar, celebrar, hacer, asistir)

3. En tiempos antiguos, _tocaban_ instrumentos precolombinos de viento como la quena y la zampoña. Sin embargo, como los españoles llevaron a América instrumentos de cuerda, hoy en día si vas a un concierto _oír_ los mismos instrumentos de viento pero con acompañamiento del charango o de la guitarra. (tocar, oír)

4. Antes de la llegada de los colonizadores, _vendían_ sus productos en mercados al aire libre. Hoy en día todavía _tienen_ mercados, pero también _es_ posible comprar sus productos típicos en Internet porque los otavalos _hay_ sus propias páginas web. (vender, haber, ser, tener)
   tienen

> *NOTE:* **el domingo** = *on Sunday*

ACTIVIDAD 4 ¡Pobre Ricardo!

Ricardo siempre tiene mala suerte, pero la semana pasada resultó ser increíblemente desastrosa. Escribe cinco oraciones sobre las cosas que le pasaron.

→ domingo: caminar a misa / un perro atacarlo
El domingo, mientras caminaba a misa, un perro lo atacó.

1. lunes: intentar sacar dinero de un cajero automático / la máquina tragarse la tarjeta
   El lunes, mientras intentaba scacar dinero de un cajero automático, la máquina se tragaba la tarjeta.

2. martes: manejar al trabajo / empezar a salir humo del motor *El martes, mientras manejaba al trabajo, empezaba a salir humo del motor.*

3. miércoles: subir al autobús / caerse y romperse la pierna derecha *El miércoles, mientras subía al autobús se cayó y se rompía la pierna derecha.*

4. jueves: comer en la cama del hospital / el paciente de al lado sufrir un ataque cardíaco
   El jueves comía en la cama del hospital mientras el paciente de al lado sufrió un ataque cardíaco.

5. viernes: volver a casa en taxi desde el hospital / tener un accidente de tráfico y romperse la pierna izquierda *El viernes volvía a casa en taxi desde el hospital mientras tuve un accidente de tráfico y me rompía la pierna izquierda.*

ACTIVIDAD 5 El apagón (*blackout*) de Nueva York

A causa del huracán Sandy de 2012 hubo un apagón en la ciudad de Nueva York. Di las cosas que hacían diferentes personas cuando esto ocurrió y qué pasó como resultado.

→ algunas personas / escribir / en la computadora / perder muchos documentos
Algunas personas escribían en la computadora y perdieron muchos documentos.

1. algunas personas / bajar / en ascensores / quedarse atrapadas
   Algunas personas bajaban en ascensores y se quedaron atrapadas.

2. algunas personas / mirar / una película en la televisión / no poder / ver el final
   Algunas personas miraban una película en la televisión y pudieron ver el final.

3. un cirujano / operar / a un paciente / tener que conectar / el sistema eléctrico de emergencia
   Un cirujano operaba a un paciente y tuvo que conectar el sistema eléctrica de emergencia.

4. como el metro no funcionar / algunas personas / caminar a casa

Como el metro no funcionaba, y algunas personas caminaron a casa.

5. algunas personas / esconderse en habitaciones interiores / no saber / qué / ocurrir hasta el día siguiente

Algunas personas se escondían en habitaciones interiores, y no supieron qué ocurrir hasta el siguiente.

6. muchos hombres y mujeres de negocios trabajar fuera de la ciudad / no poder volver por varios días

Muchos hombres y mujeres de negocios trabaja fuera de la ciudad, y no pudieron volver por varios días.

ACTIVIDAD 6 Trabajos de verano

Di qué trabajos hacías durante el verano cuando estabas en la escuela secundaria e indica si esos trabajos son similares a los que haces en verano ahora que estás en la universidad.

→ **Cuando estaba en la escuela secundaria, limpiaba mesas en un restaurante. Ahora soy camarero y no limpio mesas.**

cortar el césped (*lawn*)	limpiar mesas	servir helado
cuidar niños	repartir periódicos	trabajar en una gasolinera
lavar carros	ser camarero/a	¿?

Cuando estaba en la escuela secundario, no tenía un trabajo. Ahora soy CNA porque yo necesito dinero.

ACTIVIDAD 7 Recuerdos de la escuela secundaria

Contesta estas preguntas sobre tus años de secundaria.

1. ¿Qué materias te gustaban? _Me gustaban matemáticas y macroecon_

2. ¿Qué materias no te gustaban? _No me gustaban U.S. History._

3. ¿Eras muy travieso/a? _No era traviesa._
   Explica alguna travesura (*prank, antics*) que hiciste una vez.
   Nunca hice alguna traversura.
   ningune

4. ¿Practicabas algún deporte en equipo? _Practicaba la animación_
   y el atletismo.

   Si contestas que sí, ¿ganaron Uds. algún campeonato o torneo?

   Sí, ganaron algún campeonato.

5. ¿Actuaste en alguna obra de teatro? _No actué en alguna obra de_
   arte.

   Si contestas que sí, ¿qué papel hiciste y cómo se llamaba la obra de teatro?

   _____

6. ¿Trabajabas fuera de la escuela? _No trabajaba fuera de la escuela._

   Si contestas que sí, ¿qué tipo de trabajo/s hacías? Describe tus responsabilidades.

   _____

ACTIVIDAD 8 Quetzalcóatl

Completa esta historia sobre Quetzalcóatl y los granos de maíz con las formas apropiadas del pretérito o el imperfecto de los verbos que aparecen en orden en el margen.

haber _Había / Hecno_ dos dioses en el cielo: el dios Sol y la diosa Tierra. Ellos tenían
llamarse
tener muchos hijos, entre ellos uno que _se llamaba_ Quetzalcóatl. Este hijo
pedir
decir _tenía_ ganas de vivir en la tierra; por eso, un día les _pidió_
bajar
decidir a sus padres permiso para bajar a la tierra y sus padres le _dijeron_

que sí. Entonces, el joven Quetzalcóatl _bajó_ del cielo a la tierra y

decidió vivir con los toltecas en lo que hoy en día es México.

admirar Los toltecas lo _admiraron_ tanto que le _ponía / pusieron_ el título de
poner
ser Sacerdote Supremo. Quetzalcóatl _era_ muy feliz con ellos, pero algo
molestar
ser le _molestaba_: los toltecas _eran_ muy pobres y el hijo de los dioses
subir
rezar no sabía qué hacer para ayudarlos. Entonces, todas las noches _subía_ a

una montaña y _rezaba_ pidiendo inspiración divina para poder hacer algo

bueno por esa gente.

dar Los dioses le _dieron_ inspiración y Quetzalcóatl les enseñó a
construir
sentirse los toltecas cómo obtener el oro, la plata, la esmeralda y el coral. Después él

querer ___construía___ cuatro casas, cada una de uno de esos materiales. De un día a

otro los toltecas se hicieron ricos. Pero Quetzalcóatl todavía no ___se sentía___

satisfecho; él ___quería___ darles algo más útil que riquezas materiales.

estar
dormirse
caminar
ver
estar
notar
entrar
llevar
guardar

    Una noche en la montaña mientras ___estaba___ rezando,

___se durmió___ y tuvo un sueño increíble. En el sueño, él ___caminaba___

por una montaña preciosa cubierta de flores cuando ___vio___ un

hormiguero. A él le pareció que las hormigas ___estaban___ trabajando. De

repente ___notó___ que las hormigas que ___entraba___ en el hormiguero

___llevaban___ unos granos que ___guardaban___ allí.

despertarse
levantarse
caminar
esperar
ver

    En ese momento del sueño el joven dios ___se despertó___, ___se levantó___

y ___caminó___ hacia una montaña preciosa cubierta de flores. Aunque no lo

___esperaba___, él ___vio___ allí el mismo hormiguero que había visto en

el sueño.

pedir
convertir
encontrar
tomar
llevar
llegar
esconder
poner

    Les ___pidió___ ayuda a los dioses y ellos lo ___convertieron___ en hormiga

para poder entrar al hormiguero. Una vez adentro, Quetzalcóatl ___encontró___

los granitos blancos. Antes de salir del hormiguero, ___tomó___ cuatro

granitos y los ___llevó___ a su pueblo. Cuando ___llegó___ a su casa, los

___escondió___ muy bien: los ___puso___ en la tierra.

salir
descubrir
comprender
ser
tener

    A la mañana siguiente ___salió___ de su casa y ___descubrió___ unas

plantas divinas con un fruto amarillo. Así, por fin, ___comprendió___ que esa planta

___era___ mucho más significativa que los cuatro materiales y que con esa

planta los toltecas ___tenía___ asegurado un futuro feliz.

ACTIVIDAD 9 Reacciones

Contesta las siguientes preguntas para describir tus reacciones. Usa la palabra **cuando** en tus respuestas.

1. ¿Cuándo te aburres? _____

_____

Explica dónde estabas y qué pasó la última vez que estabas aburrido/a.

_____

_____

2. ¿Cuándo te enojas? _____

_____

Explica dónde estabas y qué pasó la última vez que te enojaste.

_____

_____

_____

ACTIVIDAD 10 Asociaciones

Asocia a estas personas con una descripción física.

1. El príncipe Harry, Nicole Kidman y Carrot Top…
   a. tienen pelo canoso.   b. tienen patillas.   c. son pelirrojos.
2. Santa Claus…
   a. tiene cicatriz.   b. tiene barba.   c. es calvo.
3. Elvis…
   a. llevaba frenillos.   b. tenía patillas.   c. tenía un lunar.
4. Howie Mandel, Seal, Charles Barkley, el Dr. Phil, Bruce Willis y Andre Agassi…
   a. son calvos.   b. tienen tatuajes.   c. son pelirrojos.
5. Tommy Lee, Pink, Johnny Depp, David Beckham y Angelina Jolie…
   a. tienen tatuajes.   b. tienen permanente.   c. tienen lunares.
6. Cindy Crawford y Eva Mendes…
   a. tienen bigotes.   b. tienen un lunar.   c. llevan frenillos.
7. Frank Sinatra…
   a. tenía ojos azules.   b. era calvo.   c. tenía un lunar.
8. Salvador Dalí…
   a. tenía bigotes.   b. tenía cicatriz.   c. tenía patillas.

ACTIVIDAD 11 Se busca

Trabajas para la policía y tienes que escribir una descripción física de estas dos personas.

SE BUSCA

93725917-A

Ramón Piera Vargas

Color de ojos: verde

Color de pelo: _____

Señas particulares:

_____

_____

_____

_____

_____

SE BUSCA

87442957-C

María Elena Muñoz

Color de ojos: café

Color de pelo: _____

Señas particulares:

_____

_____

_____

_____

_____

ACTIVIDAD 12 ¡Descríbete!

Parte A: ¿Cómo eres? Lee esta descripción de una persona y después escribe una descripción sobre ti mismo/a.

Soy un poco calvo, pero tengo pelo rizado y largo y normalmente me hago una cola de caballo. Soy pelirrojo. También tengo patillas y bigotes. Mi cara es redonda y tengo ojos azules. Tengo una cicatriz pequeña debajo de la boca. Tengo labios gruesos y llevo frenillos. ¿Qué opinas? ¿Soy atractivo?

¿Cómo eres tú?

Tengo pelo castaño y ondulado. Mi cara es redonda con piel
morena. Tengo lo frenillos y dos tatuajes. El color de mis
ojos son café. No soy peluda. No tengo cuerpo de gimnasio.
También, no tengo brazos fornidas.

Parte B: Escribe un párrafo describiendo a tu madre o a tu padre cuando uno de ellos tenía tu edad. (Si no sabes, puedes inventar.)

Mi madre tiene pelo castaño y rizado. El color de sus ojos son café. Tiene las noyuelas y muchos tatuajes. No tiene brazos toinidos. La forma de su cara es redonda y su piel es morena.

NOTE: Parecerse *is conjugated like the verb* **conocer.**

Parte C: Basándote en lo que escribiste en las partes A y B, ¿te pareces físicamente a tu padre o a tu madre?

Me parezco físicamente a mi madre.

ACTIVIDAD 13 Así soy

Parte A: Todos tenemos ciertas características positivas que aprendimos de nuestras familias. Primero, marca los <u>tres adjetivos</u> que te describan mejor y después di de quiénes aprendiste estas características o a quién de tu familia te pareces más.

→ **Soy muy idealista y esto lo aprendí de mi abuelo paterno.**

☐ chistoso/a	☑ cariñoso/a	☐ espontáneo/a
☐ idealista	☐ prudente	☐ audaz
☐ juguetón/juguetona	☑ optimista	☑ paciente

Mi mamá es muy cariñosa de su novio. Ella es más optimista y pasiente de mi abuelo.

Parte B: También compartimos características negativas. <u>Marca las dos que</u> te describan mejor y escribe de quiénes las aprendiste o quién de tu familia es más como tú.

→ **Mi tía era muy impulsiva cuando tenía mi edad y yo también soy un poco impulsiva.**

☐ quisquilloso/a	☑ malhumorado/a	☐ impulsivo/a
☐ holgazán/holgazana	☐ inseguro/a	☐ tacaño/a
☐ caprichoso/a	☑ travieso/a	☐ celoso/a

Yo era un poco traviesa cuando veía mi familia, y también soy un poco malhumorada.

Completa las siguientes conversaciones con el presente del indicativo o el imperfecto de **ser** o **estar**.

1. —¡RODRIGO! ¿ _Estás_ allí?

   —Shhhhhhh, el niño _está_ durmiendo.

   —¡Uaaaaa!

   —Bueno, ahora _está_ despierto. ¿Qué quieres?

2. —Claudia _está_ enferma. Tiene fiebre, tos y le duele todo el cuerpo.

   —Debe tomar jugo de naranja y acostarse.

   —Es verdad, el jugo de naranja _es_ muy bueno. Tú _eres_ muy listo.

3. —Ayer vi un accidente horrible: un carro atropelló un perro.

   —¿Qué le pasó al perro?

   —_Está_ vivo, pero sangraba un poco. Creo que va a estar bien.

   —¿Y el conductor del carro?

   —El conductor _estuvo está_ muy nervioso. Llevó inmediatamente el perro a un veterinario.

4. —¡Cuidado señora!… ¡Señora cuidado!… ¡SEÑORA!

   —¿Ud. me está hablando?

   —Sí.

   —Es que _está_ sorda, pero si me mira cuando habla lo puedo entender perfectamente bien.

5. —Mi novia _está_ muy impaciente. Si alguien llega con cinco minutos de retraso, se pone de mal humor.

   —¡Huy! Vaya problema para ti porque no _es_ nada puntual.

6. —¿Qué tal tu ensalada?

   —_Está_ buenísima. ¿Y tu gazpacho?

   —Muy rico, pero _está_ un poco frío.

   —Pero hombre, el gazpacho _es_ una sopa fría. No se toma caliente nunca.

Marcela, una maestra suplente (*substitute teacher*), le deja una nota a un maestro sobre la clase que ella enseñó ayer. Completa la nota usando el imperfecto y el presente del indicativo de **ser** o **estar**.

Daniel:

Tienes unos estudiantes muy simpáticos y disfruté de tu clase. Realmente los

estudiantes __son__ (1) listos y __son__ (2) bastante

activos: Carlitos Rivera __es__ (3) un niño muy alegre. Hay algunos

estudiantes que __son__ (4) bastante traviesos y hay unos cuantos que

__son__ (5) holgazanes. Ayer Susana __estaba__ (6) muy

enojada y nunca entendí por qué. No quiso hablar en toda la clase. Y Marcos, que yo sé

que __es__ (7) bueno, ayer __fue__ (8) muy juguetón. Por

supuesto __estaban__ (9) sorprendidos porque tú no fuiste a clase y porque

__estabas__ (10) enfermo. ¡Qué buen grupo tienes! Yo __estoy__

(11) muy contenta por haber tenido esa oportunidad, pero tus alumnos te extrañan;

__están__ (12) muy acostumbrados a tu estilo de enseñar. Espero que te

recuperes pronto.

Saludos,

Marcela

ACTIVIDAD 16 Problema tras problema

Hoy es un mal día para ti. Completa las siguientes oraciones con el participio pasivo de estos verbos: **abrir, descomponer, deshacer, disponer, preparar, resolver.** No repitas ningún verbo.

1. La cama está __deshecha__ .
2. El televisor está __descompuesto__ .
3. Los problemas con tu compañero no están __resuelto__ .
4. La puerta de la lavadora está __abierto__ y no se puede cerrar.
5. No puedes terminar tu proyecto y tu jefe no está __preparado__ a oír excusas.
6. Dentro de cinco minutos llegan dos invitados para comer y la comida no está
   __dispuesto__ .

ACTIVIDAD 17 La tienda

Tus padres tienen una tienda de regalos y trabajan mucho para ganar dinero. Transforma estas oraciones usando **estar** + *participio pasivo* en vez de las palabras en negrita. Haz todos los cambios necesarios para formar oraciones lógicas.

→ Mis padres **se cansan** cuando trabajan en la tienda.

Mis padres están cansados cuando trabajan en la tienda.

1. Mis padres siempre **se frustran** por los problemas de la tienda.

   Mis padres siempre están frustrados por las problemas de la tienda.

2. Mi padre siempre **se viste** bien.

   Mi padre siempre estuvo visto bien.

3. Ellos **abren** la tienda los domingos por la mañana.

   Ellos están abiertos la tienda los domingos por la mañan

4. **Cierran** la tienda los domingos por la tarde.

   Están cerrados los domingos por la tarde

5. **Ponen** las cosas más caras cerca de la puerta.

   Están puestos las caras cerca de la puerta.

6. La computadora siempre **se rompe** y causa problemas.

   La computadora siempre está roto y' causa problemas.

7. Mis padres **envuelven** los regalos en papel con el logotipo de la tienda.

   Mis padres están envueltos los regalos en papel con el logo de la tienda.

ACTIVIDAD 18 El Día de Reyes

La familia de Tomás tiene buen sentido del humor, y para el 6 de enero (el Día de Reyes), ellos siempre reciben y dan regalos raros. Completa este párrafo de Tomás con pronombres de complemento indirecto (**me, te, le, nos, os, les**).

Todos los años mis padres _____les_____ (1) dan unos regalos ridículos a mis hermanos y a mí. Este año, mis padres _____nos_____ (2) mandaron un huevo, una papa y una cebolla por FedEx® a mi hermano Marco, que ahora estudia en Stanford en los Estados Unidos. Marco _____nos_____ (3) había dicho en un email a nosotros que echaba de menos la tortilla española. A mi hermana, yo _____le_____ (4) compré comida para perros porque ella ____me____ (5) había dicho que nuestro perro era el que mejor vivía de la familia. Y a mí, mis padres _____me_____ (6) regalaron un disco de Barry Manilow porque un día ____les____ (7) comenté que la música de hoy es mejor que la música de los años 70. Entre todos los hermanos _____les_____ (8) dimos a nuestros padres dos entradas para la ópera. Odian la ópera, pero siempre _____nos_____ (9) dicen que no salen lo suficiente y necesitan más vida cultural. Pero el mejor regalo fue el que recibimos de mis abuelos paternos: _____nos_____ (10) mandaron un libro con el título *Regalos perfectos para la persona que lo tiene todo.*

NOTE: regalarle algo = hacerle un regalo

ACTIVIDAD 19 ¡Qué absurdo!

Contesta estas preguntas sobre los regalos.

1. ¿A quiénes les haces regalos y en qué ocasiones? _____
_____
_____

2. ¿Quién te dio el regalo más ridículo y qué era? _____
_____
_____

3. ¿Cuál fue el regalo más tonto que compraste? ¿A quién le diste ese regalo? ¿Cómo
reaccionó al abrirlo? _____
_____
_____
_____

4. ¿Alguno de tus parientes tiene mal gusto? ¿Te regala ropa? _____

Si contestas que sí, describe la última prenda que te regaló. _____
_____
_____

NOTE: This activity summarizes accounts from Me llamo Rigoberta Menchú y así me nació la conciencia, a book written in 1992. Some people challenge the truthfulness of these accounts, but no one questions the barbarities that were suffered by the Quichés in Guatemala.

ACTIVIDAD 20 Rigoberta Menchú

Completa esta descripción de la vida de Rigoberta Menchú. Usa el pretérito o el imperfecto de los verbos que están en orden en el margen.

nacer   Rigoberta Menchú __nació__ en un pueblo en las montañas de Guatemala,
ser
ser   el cual __fue era__ totalmente inaccesible excepto a pie o a caballo. Ella
trabajar

es quiché, uno de los 22 grupos indígenas de Guatemala. Los quichés hablan

su propio idioma y no el español de los blancos y los mestizos. Cuando

 __era__ niña, su familia __trabajaba__ ocho meses del año en las fincas

recoger
exportar
cultivar
pagar
ser
tratar
morirse

de café lejos de su pueblo natal. Ellos _recogían_ café para los dueños ricos que lo _exportaban_ a otros países. Los Menchú pasaban los otros cuatro meses en su pueblo donde _cultivaban_ maíz y frijoles en una tierra poco fértil. Los dueños de las fincas les _pagó_ poco y las condiciones de trabajo y vivienda _eran_ horribles. Los _trataban_ casi como animales. Uno de sus hermanos _se murieron_ de hambre y otro de intoxicación, probablemente por algún insecticida en las plantas.

tener
elegir
tener
irse
empezar
controlar

Cuando Rigoberta _tenía_ doce años, los curas católicos _eligeron_ a esta adolescente para que ella le enseñara la palabra de Dios a su gente pues ella _tenía_ un gran talento e inteligencia. Unos años después, _se fue_ a la ciudad para trabajar limpiando las casas de los ricos. Allí _empezó_ a aprender el español que más tarde llegó a ser su arma contra los mestizos y los blancos que _controlaban_ el país.

comenzar

Los problemas iban de mal en peor para su gente. Con la intención de ayudarla, la familia Menchú _comenzaba_ a participar en organizaciones políticas.

empezar
llamar

Los soldados _empezaron_ a llegar a su región y poco a poco la desaparición de personas llegó a ser un acontecimiento casi diario. Los soldados y el gobierno _llamaban_ subversivos y comunistas a los quichés, pero según Rigoberta, ellos solo querían parar el genocidio y buscar una manera de convivir en paz.

detener
mirar
tener
morir
matar
dar

Los soldados _detuvieron_ y luego torturaron a un hermano de Rigoberta por 16 días antes de quemarlo en público mientras su familia y otros de la zona _miraron_ aterrorizados. Él solo _tenía_ 16 años. Su padre también _murió_ de manera muy violenta en una protesta en la capital. Más tarde los soldados raptaron (_kidnapped_) y _mataron_ a su madre y les _dieron_ el cadáver a los perros.

estar
irse
empezar
reconocer
ganar

Al final, Menchú tuvo que salir de Guatemala porque los soldados la

___estaban___ buscando y ella creía que la iban a matar. Por eso ___se fue___

a México donde ___empezó___ a contarle su historia al mundo y llegó a ser uno

de los líderes de su gente. La ___reconocía___ mundialmente en 1992 (cuando)

___ganó___ el Premio Nobel de la Paz por su trabajo y lucha por su pueblo.

Hoy en día su Fundación Rigoberta Menchú Tum promueve los derechos

humanos, especialmente de los indígenas, y también ayuda a mantener la paz en

zonas turbulentas.

Muy
bien

ACTIVIDAD 21 ¿Y tú?

Como aprendiste al hacer la Actividad 20, la vida de los quichés en Guatemala fue increíblemente dura. Contesta estas preguntas sobre tu vida y lo que hace tu universidad para ayudar a otros menos afortunados.

1. ¿Hacías, hiciste o haces algo en este momento para ayudar a otras personas? Si no, ¿te gustaría hacer algo? Explica tu respuesta.

_____
_____
_____
_____
_____

2. ¿Qué programas existen a través de tu universidad para trabajar como voluntario/a en la comunidad u otros lugares? Si no sabes, busca en la página web de tu universidad.

_____
_____
_____
_____
_____

Llegan los inmigrantes

CAPÍTULO
4

ACTIVIDAD 1   Los inmigrantes

Completa los espacios con las palabras apropiadas.

1. El padre de tu abuelo es tu _____.
2. Un individuo que tiene padre negro y madre blanca es _____.
3. Un individuo que tiene sangre indígena y europea es _____.
4. Un individuo que va a vivir en otro país de forma permanente es un _____.
5. Un individuo que no puede vivir en su país por razones políticas es un

   _____.

ACTIVIDAD 2   Vida nueva en Canadá

Un muchacho paraguayo explica cómo fue para él y para su prima ir a vivir a Canadá. Completa el párrafo con la forma apropiada de palabras relacionadas con la inmigración.

Ir a vivir a otro país no es fácil, pero a veces se hace más fácil cuando te reciben bien, es decir, cuando la cultura a la que vas te recibe con los brazos _____ (1). Yo soy _____ (2) de Paraguay y, por suerte, hablaba inglés bastante bien cuando _____ (3) a Canadá, en cambio, mi prima no. A veces cuando ella hablaba y la gente tenía problemas para entenderla, le dejaban de hablar y entonces ella se sentía _____ (4) y pensaba que nunca iba a ser aceptada en su nuevo país. Ella era una persona _____ (5) ya que no solo había terminado la secundaria sino que también tenía _____ (6) universitario. Nosotros dejamos nuestro país para vivir en el _____ (7) porque no podíamos expresar nuestras ideas con _____ (8) y no queríamos seguir viviendo de esa manera. Tampoco eran buenas las oportunidades laborales que había en nuestro país y por eso decidimos ir en busca de nuevos _____ (9).

ACTIVIDAD 3   Tus antepasados

Contesta estas preguntas sobre tu familia.

1. ¿Cuál es el origen étnico de tu familia? _____

   _____

2. ¿En más o menos qué año y de qué país o países vinieron tus antepasados al emigrar de su país a este país?

   _____

   _____

Si eres de origen indígena, ¿tienes también antepasados de otras partes del mundo? Si contestas que sí, ¿de dónde? _____

_____

_____

3. ¿Sabes por qué vinieron? ¿Tenían pocos recursos económicos? ¿Buscaban nuevos horizontes, libertad política o libertad religiosa? _____

_____

_____

4. ¿Fueron discriminados tus antepasados? Si contestas que sí, ¿continúa esta discriminación hoy en día? _____

_____

ACTIVIDAD 4 En el metro

Estás en el metro y oyes partes de una conversación entre dos personas que están sentadas a tu lado. Termina esta conversación con el pretérito o el imperfecto de los verbos indicados.

1. —Ayer __tuve que__ ir al dentista. (tener que)

   —¡Huy! ¿Te dolió mucho? ¿Te puso anestesia?

2. —El dentista iba a extraerme un diente, pero no __pudo__ porque no me hizo efecto la anestesia. (poder)

   —¿Y entonces qué vas a hacer?

   —Tengo que volver la semana que viene.

3. —__conocí__ a mi dentista en una protesta. (conocer)

   —Pero, ¿cómo que en una protesta?

   —Sí, le preocupa mucho el bienestar de la gente pobre.

   —Ah, yo no __sabía__ que por eso él te caía tan bien. (saber)

4. —Yo __iba__ a ir a la protesta, pero al final decidí no ir. Pero sí firmé unas cuantas peticiones electrónicas por Internet. (ir)

ACTIVIDAD 5 Intenciones

Escribe qué iban a hacer las siguientes personas la semana pasada y qué hicieron en vez de hacer esas actividades.

→ Jesús / cenar con sus padres / trabajar por un amigo

Jesús iba a cenar con sus padres, pero trabajó por un amigo.

1. Víctor / pagar la factura de teléfono / navegar por Internet

   Víctor iba a pagar la factura de teléfono, pero navegó por Internet.

2. tú / hacer un trabajo escrito / ver un partido de fútbol

Tú ibas a hacer un trabajo escrito, pero viste un partido de fútbol

3. yo / reunirse con un profesor / charlar con unos amigos en la cafetería

Yo iba a reunirme con un profesor, pero charlé con unos amigos en la cafetería.

4. nosotros / hacer investigación en la biblioteca / jugar al póquer

Nosotros íbamos a hacer investigación en la biblioteca, pero jugamos al póquer.

5. Marta / solicitar un trabajo / ir de compras

Marta iba a solicitar un trabajo, pero fue de compras.

6. Natalia / visitar a sus padres / pasar el fin de semana en otra ciudad

Natalia iba a visitar a sus padres, pero pasó el fin de semana en otra ciudad.

ACTIVIDAD 6 La Familia de Pablo

En el libro de texto, leíste sobre la historia del padre de Pablo y su emigración de España a Argentina. Termina estos párrafos, que recuenta Pablo sobre la historia, con el pretérito o el imperfecto de los verbos que se presentan.

Mis abuelos ya _tuvieron_ (1. tener) siete hijos cuando _decidieron_ (2. decidir) salir de España para hacerse la América. La familia _viajó_ (3. viajar) cuarenta días en barco; la hija más pequeña solo _tenía_ (4. tener) un añito cuando ellos _llegaron_ (5. llegar) a Argentina. Mis abuelos no _sabían_ (6. saber) qué les esperaba en ese nuevo país, pero _esperaban_ (7. esperar) tener muchas oportunidades.

La familia no _conocía_ (8. conocer) a nadie en Buenos Aires antes de llegar, pero por suerte, pronto mi abuelo _conoció_ (9. conocer) a otro español que los _ayudó_ (10. ayudar) y así _pudo_ (11. poder) encontrar un lugar donde vivir. Pero, poco después de llegar _ocurrió_ (12. ocurrir) una tragedia: _se murió_ (13. morirse) mi abuela y mi abuelo _tenía_ (14. tener) que criar a los siete hijos solo. Mi abuelo no _sabía_ (15. saber) cómo hacer para trabajar y criar a sus hijos, entonces al final _tuvo_ (16. tener) que poner a sus hijas en un internado de monjas y a los hijos en un internado de curas. Él no _quería_ (17. querer) hacer esto, pero no _podía_ (18. poder) trabajar y cuidar a tantos hijos a la vez. Al principio los niños _protestaron_ (19. protestar) porque no _querían_ (20. querer) ir a un internado, pero finalmente _tuvieron_ (21. tener) que aceptarlo. Al morirse mi abuela, mi padre _tenía_ (22. tener) solo dos años y él y su hermana menor no _asistieron_ (23. asistir) a la escuela al principio porque _eran_ (24. ser) demasiado pequeños. Por eso _se quedaro_ (25. quedarse) en casa con su padre hasta que _empiezaldo_ (26. empezar) la escuela a los seis años.

ACTIVIDAD 7 El choque cultural

Parte A: Hay cuatro etapas en lo que se llama el "choque cultural" por las cuales generalmente pasa una persona cuando va a vivir a otro país. Pon estas etapas en orden numérico. (Si es necesario, consulta el _¿Lo sabían?_ de la página 114 en el libro de texto.)

a. _____ Aceptación: acepta las diferencias y se adapta.

b. _____ Luna de miel: se siente encantado con el lugar y todo le resulta novedoso y atractivo.

c. _____ Integración: se comporta como las otras personas del país.

d. _____ Rechazo: rechaza todo lo relacionado con la nueva cultura, sale poco y se aísla.

Parte B: A veces, cuando un estudiante empieza la universidad pasa por las diferentes etapas de choque cultural. Termina este párrafo con las siguientes frases: **lo que, lo bueno, lo interesante, lo nuevo, lo positivo, lo triste.** Puedes usar las frases más de una vez.

Cuando muchos estudiantes empiezan su carrera universitaria entran en una cultura nueva. Al principio, _lo que_ (1) les llama la atención es la libertad que tienen, y todo _lo nuevo_ (2) es fantástico. Un restaurante nuevo, un amigo nuevo, un profesor nuevo, todo es nuevo y todo es fabuloso. Pero poco a poco esto cambia y el profesor nuevo hace un comentario político que no les gusta; el amigo nuevo les parece cada día más y más esnob; el compañero de cuarto escucha música diferente de la suya, etc. Resulta que _lo nuevo_ (3) no es tan fantástico como pensaban los estudiantes al llegar. Al darse cuenta de eso, muchos entran en la segunda fase, cuando todo les molesta. No suelen salir mucho, prefieren estar solos que con amigos y echan de menos a su familia. _Lo triste_ (4) es que algunas personas se quedan en esta etapa y nunca cambian de opinión. A veces hasta dejan la universidad y vuelven a su ciudad o cambian de universidad. Pero, _lo interesante_ (5) es que para la mayoría no es así. _Lo que_ (6) antes les molestaba, ahora les parece algo que tienen que aceptar. _Lo positivo_ (7) es que cuando dejan de criticar, empiezan a aceptar las diferencias. Algunas personas entran en la cuarta etapa y hasta empiezan a imitar o a hacer exactamente _lo que_ (8) criticaban antes y se convierten en parte de la misma cultura que antes rechazaban.

ACTIVIDAD 8 La mala suerte

Pamela y Mauricio se fueron de vacaciones, pero el viaje empezó mal porque les ocurrieron muchas cosas. Completa la historia de lo que les pasó accidentalmente usando la construcción **se me/te/le/ etc. +** _verbo._

¡Qué mal empezó el viaje! Primero llegamos tarde al aeropuerto porque al carro de mi prima Patricia _se le acabó_ (1. acabar) la gasolina. Bueno, estábamos a dos cuadras de la gasolinera así que no nos retrasamos tanto tiempo, pero luego cuando bajábamos las maletas en el aeropuerto, a mí _se me abrieron_ (2. abrir) una de las maletas y _se me cayeron_ (3. caer) todas las cosas que tenía adentro. Tuvimos que meter todo en la maleta rápidamente, como podíamos. Luego fuimos a facturar las maletas y Mauricio no encontraba los pasaportes por ninguna parte. ¿Y por qué? Porque _se le olvidaron_ (4. olvidar) los pasaportes en el carro de mi prima. Yo lo quería matar, pero por suerte, llamamos a mi prima y los trajo de inmediato. Por último, cuando estábamos por pasar el control de seguridad, a mí _se me perdió_ (5. perder) la tarjeta de embarque del vuelo y no me querían dejar pasar. Iba a perder el avión cuando un pasajero la encontró en el piso y me la dio. Subimos al avión después de todas estas desventuras, exhaustos de los nervios que habíamos pasado.

ACTIVIDAD 9 Un día terrible

Para cada situación, escribe una oración para indicar qué pasó usando la construcción **se me/te/le/etc.** + *verbo* si lo que ocurrió no fue intencional.

1. Alfredo y Lorenzo manejar a la playa /
descomponerse el carro

_____

_____

2. Ángela enojarse con su novio /
quemar todas sus fotos

_____

_____

3.

Francisco lavarse las manos en el baño de una gasolinera / olvidarse el anillo de matrimonio

_____

_____

Illustration © Cengage Learning 2015

ACTIVIDAD 10 Mi madre

Lee la siguiente descripción que escribió una hija sobre su madre. Después escribe dos párrafos parecidos sobre tu madre o tu padre. En el primero cuenta qué hacía durante una época de su vida. En el segundo, explica qué hace ahora.

Cuando mi madre tenía 25 años, vivía en Santiago de Chile. Tenía un trabajo sumamente interesante: trabajaba para la Organización de Estados Americanos (OEA). Por lo tanto, con frecuencia hacía viajes a Nueva York y a Washington para asistir a reuniones con otros representantes de diferentes partes del continente. Aprovechaba estos viajes para ir al teatro y para comprar libros en inglés. Todos los días en Santiago estudiaba inglés y dos veces por semana se reunía con un profesor particular para aclarar sus dudas.

Mi madre ya no trabaja para la OEA. Ahora es traductora de libros y suele traducir obras literarias del inglés al español. Está muy contenta con su nuevo empleo y estoy muy orgullosa de mi madre.

Mi madre vivió en Milwakee Toda su vida. Cuando tenía dieziseis años, yo nací. Ella asistó MATC y estudió enfermería. Trabajaba en Columbia St. Mary, Hospita. Se casó en 2009, y tuvo mis hermanas en 28 de octubre de 2009 y 28 de dicembre de 2010. Mi madre se divorció su esposo en 2014, y se mudó a Brown Deer, WI.

Ahora mi madre vive en un apartamento. En Brown Deer, WI. Trabaja en RCI. Asiste Alverno College y estudia enfermería para obtener su BSN.

Muy bien

> **NOTE:** *You can use* **era/n** + time *or simply* **a la/s** + time *to say when something occurred:*
> **Eran las diez cuando empezó la película. / La película empezó a las diez.**

ACTIVIDAD 11 El hijo del general

Ayer raptaron (*kidnapped*) al hijo de un general y hoy apareció la noticia en el periódico.
Completa el artículo con el pretérito o el imperfecto de los verbos que se presentan.

El Diario

Jueves doce de marzo de dos mil catorce

DESAPARECIDO: HIJO DE UN GENERAL

La policía busca a Nuria Peña y a Pepe Cabrales por raptar al hijo del general Gabriel Montes y por matar a su empleada doméstica Rosita López.

© Digital Media Pro/Shutterstock.com

Asunción—Según la investigación de la policía ___eran___ (1. ser) las 10:35 del lunes cuando

Nuria Peña ___llegó___ (2. llegar) a esta ciudad y ___fue___ (3. ir) directamente al

hotel Los Galgos. A las 11:31 ___llegó___ (4. llegar) al hotel y, según dijo el recepcionista,

ella ___estaba___ (5. estar) muy nerviosa, ___pidió___ (6. pedir) una habitación en un piso

alto y ___tuvo___ (7. tener) que pagar en efectivo porque no ___tenía___ (8. tener) tarjeta

de crédito. Luego, mientras ella ___estaba___ (9. estar) en la habitación y ___sacaba___ (10.

sacar) la ropa de la maleta, ___llamó___ (11. llamar) a Pepe Cabrales, a quien ya ___conocía___

(12. conocer) muy bien. Los dos ___decidieron___ (13. decidir) reunirse más tarde para comer.

___Eran___ (14. ser) las 4:00 cuando Peña ___depositó___ (15. depositar) un cheque de

cuen mil
Cabrales por $100.000 en un cajero automático del banco en la esquina del hotel.

Al día siguiente Peña ___alquiló___ (16. alquilar) un carro que ___era___ (17. ser)

negro y muy grande, ___recogió___ (18. recoger) a Cabrales en su casa y luego ellos

___se dirigieron___ (19. dirigirse) a un parque donde, de forma muy inocente, ___se acercaron___

(20. acercarse) a un niño que ___tenía___ (21. tener) unos 10 años y que ellos ___sabían___

(22. saber) muy bien quién era. Era el hijo del general Montes. Mientras Peña ___jugaba___

(23. jugar) con el niño, Cabrales le ___tiraba___ (24. tirar) la pelota a su perro. Luego los dos

___siguieron___ (25. seguir) al niño y a su perro a la casa del general, y ___hablaron___ (26. hablar)

en la puerta con Rosita López, la mujer de la limpieza.

___Era___ (27. ser) la 1:20 del miércoles cuando el general ___pensó___ (28. pensar)

que algo no ___estaba___ (29. estar) bien. Entonces ___llamó___ (30. llamar) a su casa y

cuando Rosita López ___contestó___ (31. contestar) el teléfono, él ___oyó___ (32. oír)

disparos de un rifle. Alguien ___raptó___ (33. raptar) al hijo del general, el perro

___mordió___ (34. morder) a Peña y Rosita López ___murió___ (35. morir) instantáneamente.

Dos detectives ___supieron___ (36. saber) la identidad de los acusados cuando ___encontraron___

(37. encontrar) la llave del hotel Los Galgos y ___empezaron___ (38. empezar) la búsqueda de los

presuntos criminales.

NOTE: *Use the imperfect to describe what people looked like and what they were wearing. Also use the imperfect to state age:* **Tenía más o menos 35 años.**

ACTIVIDAD 12   ¿Cómo eran?

Tú lo viste todo y fuiste a la policía para darle una descripción de Nuria Peña y Pepe Cabrales. Escribe lo que les dijiste.

_____   _____
_____   _____
_____   _____
_____   _____
_____   _____

NOTE: *Use the imperfect for two simultaneous past actions. Also use the imperfect for a past action in progress, but use the preterit for an action that interrupted another action.*

ACTIVIDAD 13 ¿Qué hizo?

Narra lo que pasó en las siguientes escenas con Paco y su perro.

mientras el perro dormir /
Paco mirar televisión

1.

mientras el perro dormía, paco miraba televisión.

cuando él salir de la sála /
el perro subir al sofá

2.

cuando él salió de la sala, el perro subió al sofá.

mientras él freír unos huevos / el perro ver
un gato y empezar a ladrar (*bark*) / cuando
Paco oír el ruido / salir de la cocina

3.

mientras él freía unos huevos, el perro veía u
un gato y empezaba a ladrar. cuando
paco oyó el ruido, salió de la cocina.

Illustrations © Cengage Learning 2015

4.

mientras él arreglar el sofá / y / castigar
al perro / quemarse los huevos

mientras él arreglaba el sofá, y castigaba al perro,
se quemaba los huevos.

Illustration © Cengage Learning 2015

ACTIVIDAD 14 ¿Cómo ha vivido estos años?

Hace muchos años que la madre de Guadalupe vive en los Estados Unidos y Ramón le hace preguntas sobre la vida de su madre. Completa las preguntas y respuestas con el pretérito perfecto de los verbos que se presentan.

1. —Sé que tu madre vive aquí hace mucho. ¿Ya _____ _____ _____ ciudadana? (hacerse)

   —No, todavía no. Pero, creo que quiere hacerse ciudadana pronto. Se siente orgullosa de ser parte de este país.

2. —Y en todos estos años desde que llegó aquí, ¿ _____ _____ a gente que conocía en Oaxaca? (ver)

   —Huy, sí. Mis padres _____ _____ a mucha gente que conocían en Oaxaca. (ver)

3. —¿Y ella _____ _____ nostalgia de su ciudad? (sentir)

   —Muchas veces. Sobre todo de caminar por sus calles, del tianguis y de la comida.

4. —¿Alguna vez _____ _____ una mala experiencia en este país? (vivir)

   —Sí, y no solo ella. Yo también. Las dos _____ _____ _____ rechazadas muchas veces. (sentirse)

5. —Cuánto lo siento. ¿Y Uds. _____ _____ prejuicios contra alguien en particular que las haya tratado mal? (tener)

   —Bueno, mi madre es una persona bastante objetiva y no hace juicios de la gente, por suerte. En cambio, yo no y eso me _____ _____ (traer) muchos problemas.

ACTIVIDAD 15 La familia de Mariano

Completa las conversaciones con el pretérito perfecto, el pretérito o el imperfecto de los verbos que se presentan.

1. —¿Alguna vez __has__ __ido__ (ir) al pueblo donde creció tu madre?

    —Sí, mi hermano y yo __hicimos__ (hacer) un viaje el verano pasado. Su casa ya no está, pero vimos una foto. __era__ (ser) muy pequeña, pero __tenía__ (tener) muchas ventanas. _descripción_

2. —¿ __has__ __conocido__ _conociste_ (conocer) tú a la mejor amiga de tu madre de la escuela secundaria?

    —Sí, hace dos años la __vi__ (ver) en Bogotá. Me __cayó__ (caer) súper bien porque __era__ (ser) muy divertida.

3. —¿Tu padre te __has__ __mostrado__ _mostró_ (mostrar) fotos de tu abuela cuando era niña?

    —Sí, tiene muchas fotos. Parece que de joven, mi abuela __era__ (ser) muy activa. __Montaba__ (montar) en bicicleta en el verano, __jugaba__ (jugar) al tenis y __esquiaba__ (esquiar) en el invierno. Una vez, __ganó__ (ganar) un premio en esquí nórdico. Todavía tenemos el trofeo.

4. —¿Tu padre te __has__ __dicho__ _dijo_ (decir) alguna vez algo sobre tu abuelo?

    —¡Claro que sí! __asistió__ (asistir) a la Universidad de las Américas. Parece que __era__ (ser) muy inteligente, pero que no __estudió__ (estudiar) mucho. Después de graduarse, __abrió__ (abrir) su primera panadería llamada "Al pan, pan" y el pan que __hacía__ (hacer) __era__ (ser) tan delicioso que cuando mi abuelo __se murió__ (morirse), __había__ (haber) más de 230 panaderías de la familia en todo el país.

ACTIVIDAD 16 ¿Cómo ha sido tu semana?

Completa las siguientes preguntas y respuestas para hablar de esta semana y contar si ha sido estresante para ti o no. Usa el pretérito perfecto y, si es posible, también la construcción **se me/te/le/etc.** + *verbo*.

1. ¿ _____ _____ tú muy estresado/a esta semana? (estar)

    _____

2. ¿ _____ te _____ _____ la computadora? (descomponer)

    _____

3. ¿ _____ te _____ _____ las llaves de tu casa en alguna parte? (olvidar)

    _____

4. ¿ _____ _____ tú una cosa que lamentas? (hacer)

    _____

ACTIVIDAD 17 Inventa una historia

Selecciona información de las listas que se presentan y agrega (*add*) cualquier información que necesites para inventar una historia sobre algo que hicieron tú y tus amigos.

Ayer nevaba y hacía mucho frío. Mis amigos y yo fuimos a un partido de fútbol en el estadio de la universidad…

Cuándo

el sábado por la noche; el domingo al mediodía; ayer; el día de San Valentín

Tiempo

hacer frío/fresco/calor; ser un día de sol; nevar; llover

Con quién

un/a amigo/a; un/a profesor/a; unos amigos; un pariente

Adónde

a una fiesta; a un partido de fútbol; a un restaurante; a un teatro

Descripción

(no) haber mucha gente; elegante; tener asientos incómodos; haber mucho ruido

Qué pasó

empezar una pelea; ocurrir un delito (*crime*); conocer a alguien; ganar/perder algo

Cómo lo pasaron

terrible; regular; fantástico; (no) divertirse

Por qué

¿?

_____
_____
_____
_____
_____
_____
_____
_____
_____
_____
_____
_____
_____
_____
_____
_____
_____
_____
_____
_____
_____

Los Estados Unidos: Sabrosa fusión de culturas

ACTIVIDAD 1 Deseos

Completa la siguiente conversación que tuvo lugar en la cafetería de una empresa. Usa el infinitivo o el presente del subjuntivo.

Juan: Mi jefe quiere que yo __viaje__ por lo menos dos meses al año. (viajar)

Laura: Eso no es nada. La compañía insiste en que Pepe y yo __nos mudemos__ a la Patagonia para hacer estudios biológicos durante dos años. Nosotros preferimos que

✱ __emplee__ a alguien nuevo para hacerlo. No queremos __vivir__ allí. (mudarnos, emplear, vivir)

Juan: Pues, les recomiendo que __busquen__ otro trabajo porque si la compañía quiere algo, lo consigue. (buscar)

Laura: ¿Por qué no hablamos de otro tema? ¿Qué me sugieres que __pueda__ para comer? (pedir)

Juan: Dicen que el pollo asado es muy bueno aquí, pero yo prefiero __pedir__ algo más ligero (light), como una ensalada. (pedir)

Laura: Es mejor que __almuerce__ bien porque esta tarde tenemos tres horas seguidas de reuniones aburridas. (almorzar)

Juan: Es verdad. No quiero que el estómago __hecha__ ruidos raros delante de los clientes. (hacer)

Laura: Como dicen, es importante __presentar__ una buena imagen. (presentar)

ACTIVIDAD 2 ¿Aconsejable o no?

Tienes un amigo que va a pasar tres meses en la selva amazónica trabajando. Dale consejos para el viaje usando el infinitivo o el presente del subjuntivo.

1. Es imprescindible que tú __saques__ el pasaporte con un mes de anticipación. (sacar)

2. Te aconsejo que __averigües__ si necesitas ponerte alguna vacuna (vaccination) antes del viaje. (averiguar)

3. Te recomiendo que __compra__ ropa ligera pero fácil de lavar. (comprar)

4. Te ruego que __tengas__ cuidado con los animales porque pueden ser peligrosos. (tener)

5. Es importante __sabe__ qué plantas se pueden comer porque algunas pueden ser venenosas. (saber)

ACTIVIDAD 3 Los deseos para el Año Nuevo

Completa los deseos de un chico para el Año Nuevo usando el infinitivo o el presente del subjuntivo de los verbos que se presentan.

Yo espero que este año me __traiga__ (1. traer) experiencias nuevas. Es importante que __consiga__ (2. conseguir) un trabajo nuevo y es preciso que yo __trabaje__ (3. trabajar) en una ciudad con una vida cultural interesante y estimulante. Digo esto porque quiero __tener__ (4. tener) la oportunidad de actuar en un teatro en mi tiempo libre. No es importante que __actúe__ (5. actuar) en un teatro profesional. Es bueno que __gane__ (6. ganar) dinero en mi trabajo y también que __se divierta__ (7. divertirse) fuera de la oficina.

NOTE: *Use an infinitive if there is no change of subject and* **que** *is not present.*

ACTIVIDAD 4 Tus deseos

Escribe tus deseos para el año que viene. Usa expresiones como **es necesario (que)**, **quiero (que)**, **espero (que)**, **es mejor (que)**.

Es necesario que yo limpie mi cuarto. Quiero que mi madre decore mi cuarto. Espero que mi madre no compr un perro. Es mejor que mis hermanas asistan [golaa mi] o MUP.

ACTIVIDAD 5 Los padres helicóptero

Hoy en día en los Estados Unidos se habla de los "padres helicóptero", pero últimamente se ve este fenómeno en el mundo hispano también. Termina estas oraciones con el infinitivo, el presente del indicativo o el presente del subjuntivo y luego marca si la oración describe o no a los padres helicóptero.

1. Les exigen a los profesores que __mantengan__ contacto constante con ellos sobre el progreso de sus hijos. (mantener)

   Padres helicóptero: _____ Sí _____ No

2. Quieren que los profesores siempre les __den__ notas excelentes a sus hijos. (dar)

   Padres helicóptero: _____ Sí _____ No

3. Esperan que sus hijos __sepan__ las consecuencias de sus actos y, por eso nunca __se meten__ si el hijo (hace) algo que no debe en la escuela. (saber, meterse)

   Padres helicóptero: _____ Sí _____ No ?

4. Para ellos, es muy importante __proteger__ a sus hijos a toda costa. No quieren que sus hijos __sufran__ nunca. (proteger, sufrir)

   Padres helicóptero: _____ Sí _____ No ?

5. Saben que los padres tienen que __dejar__ a sus hijos tomar sus propias decisiones, a veces con consecuencias positivas y otras veces negativas. (dejar)

   Padres helicóptero: _____ Sí _____ No ?

6. No respetan a sus hijos como adultos, por eso hasta llaman o escriben emails a sus profesores de la universidad pidiéndoles que __acepen__ un trabajo de su hijo pasada la fecha de entrega, que les __suban__ las notas o que no __conten__ las ausencias cuando han tenido que asistir a una reunión familiar. (aceptar, subir, contar)

   Padres helicóptero: _____ Sí _____ No ?

ACTIVIDAD 6 Consejos

Parte A: La universidad te pidió hacer una presentación a un grupo de jóvenes de 17 años que va a asistir a tu universidad el año que viene. En la presentación debes incluir una lista de los cinco mejores consejos para tener éxito en la vida académica.

1. Es imprescindible que Uds. __estudien mucha por lus examanes!__

2. Es buena idea __hacer sus tarca mucho temprano.__

3. Les recomiendo que __estudien solamente o en grupos.__

4. Les aconsejo que __escuchen música porque es terapéutico!__

5. Sugiero que __leyan el libro!__

   ↑ a veces!

Parte B: Ahora, tienes que hacer otra lista para el mismo grupo de futuros estudiantes con cinco consejos para tener una vida social activa e interesante.

1. Es necesario que Uds. __asistan las fiestas a veces!__

2. Es necesario __estudiar ántes de asistir las fiestas o el bar!__

3. No quiero que Uds. __beban alcohol todos el fin de semana!__

4. Es importante que _intenten hacer amigos!_

5. Les aconsejo que no _hagan unas novias!_

Parte A: Todos estamos en busca de nuestra "media naranja" (*perfect match*). Mira la lista y marca las ideas que describan a tu pareja ideal. Añade algo más al final, si quieres.

- ☑ tener buen sentido del humor ✓
- ☑ gustarle la misma música que a mí ✓
- ☐ tener amigos simpáticos
- ☑ respetar mi punto de vista ✓
- ☐ ser religioso/a
- ☐ querer vivir en una ciudad
- ☐ no fumar
- ☑ saber cocinar bien
- ☐ _____

- ☐ no mirar televisión a toda hora
- ☑ divertirse haciendo cosas simples
- ☐ vestirse bien
- ☑ compartir mis opiniones políticas ✓
- ☐ tocar un instrumento musical
- ☐ querer vivir en el campo
- ☐ no consumir drogas
- ☑ ser atractivo/a
- ☐ _____

NOTE: **pareja** = *partner, significant other (feminine even if referring to a man)*

Parte B: Ahora, forma oraciones con las ideas que marcaste en la Parte A para describir a tu pareja perfecta. Usa frases como **es importante que, es preferible que, es necesario que, es mejor que, quiero que, espero que, insisto en que.**

→ **Para mí, es importante que mi pareja respete mi punto de vista porque…**

Para mí, es importante que tenga buen sentido del humor. Es preferible que le guste la misma música que mí, y comparta mis opiniones políticas. Es necesario que respeten mi punto de vista, y se divierta haciend cosa simple. Es mejor que sepa cocinar bien. Espero que sea atractivo.

Los padres siempre les dan instrucciones y órdenes a sus hijos. Muchas veces empiezan pidiéndoles que hagan algo y después lo repiten de una forma más dura cuando los niños no responden enseguida. Convierte las oraciones de la primera columna en oraciones más duras. Sigue el modelo.

→ Debes hacer la tarea ahora. **Te digo que hagas la tarea ahora.**

1. Debes hacer la cama.

Te digo que hagas la cama.

2. ¿Puedes bajar el volumen un poco?

Te digo que bajes el volumen un poco.

3. Uds. no deben molestar al perro.

Les digo que no molesten al perro.

4. Tienen que limpiar el baño.

Les digo que limpien el baño.

5. No debes pegarle a tu hermano.

Te digo que no debas pegarle a tu hermano.

6. Tienen que sacar la basura.

Les digo que saquen la basura

7. Tienes que practicar la lección de piano esta noche.

Te digo que practiques la lección de piano esta noche.

NOTE: *Use the subjunctive with* **decir** *to convey orders; use the indicative to provide information.*

ACTIVIDAD 9   La reunión de profesores

Tú trabajas como profesor/a universitario/a en Puerto Rico y asististe a una reunión donde tu jefe habló sobre observaciones y reglas para los exámenes finales. Una compañera no pudo ir. Forma oraciones para decirle qué pasó. Comienza cada idea con **Nos dice que (nosotros)**…

→ enseñarle las dos versiones del examen final
Nos dice que le enseñemos las dos versiones del examen final.

1. observar la clase de un colega y escribir una evaluación _Nos dice que observemos la clase de un colega y escribir una evaluación._

2. cada profesor preparar el examen final para su clase _Nos dice que cada profesor prepare el examen final para su clase._

3. el examen no tener más de seis páginas _Nos dice que el examen no tenga más de seis páginas._

4. hacer dos versiones del examen final _Nos dice que hagamos dos versiones del examen final._

5. la fecha del examen ser el 17 de diciembre _Nos dice que la fecha del examen sea el 17 de diciembre._

6. vigilar a los estudiantes durante el examen porque los alumnos se copian _Nos dice que vigilemos a los estudiantes durante el examen porque los alumnos se copian_

7. corregir el examen minuciosamente _Nos dice que corregamos el_
   examen minuciosament.
8. recibir el último cheque el 15 de diciembre _Nos dice que recibamos_
   el último cheque el 15 de diciembre.

ACTIVIDAD 10 Tomen decisiones con madurez

Completa con órdenes los siguientes consejos para adolescentes.

Si no desean beber alcohol, ...

1. _resistan_ la presión de sus amigos y _tengan_ fe en sí mismos. No
   dejen que otras personas influyan de una manera negativa en su vida.
   (resistir, tener, dejar)
2. _Rechazen_ con firmeza invitaciones a beber alcohol si Uds. no quieren tomar.
   (rechazar)
3. no _le pidan_ disculpas a nadie por no querer tomar alcohol. (pedirle)

Si desean beber alcohol, ...

4. no _conduzcan_ carro o motocicleta. (conducir)
5. no _consuman_ mucho alcohol de golpe (*at once*); es mejor beber despacio. (consumir)
6. _coman_ algo antes. (comer)
7. _recuerden_ que el alcohol no soluciona los problemas, sino que los aumenta.
   (recordar)
8. _Se den_ cuenta de que el abuso del alcohol aumenta la violencia y la posibilidad de
   contraer enfermedades venéreas. (darse)

ACTIVIDAD 11 Órdenes

Lee los siguientes anuncios y vuelve a escribirlos de una forma más directa. Usa órdenes en plural.
Sigue el modelo.

→ Se prohíbe fumar.   *Orden directa:* **No fumen.**

1. Se prohíbe tocar.   _No toquen_
2. Se prohíbe estacionar.   _No estacionen._
3. Se prohíbe entrar.   _No entren._
4. Se prohíbe repartir propaganda.   _No repartan propaganda_
5. Se prohíbe hablar.   _No hablen._
6. Se prohíbe consumir bebidas   _No consuman bebidas al..._
   alcohólicas.   _no_
7. Se prohíbe poner anuncios.   _No pongan anuncios_
8. Se prohíbe hacer grafiti.   _no hagan grafiti_

ACTIVIDAD 12 La úlcera

Estas son las instrucciones que le dio una doctora a un paciente que tiene úlcera. Convierte las oraciones en órdenes.

1. Ud. tiene que dejar de comer comidas picantes.

   Deje de comer comidas picantes.

2. Ud. no puede tomar café ni otras bebidas con cafeína.

   No tome café ni otras bebidas con cafeína.

3. Ud. tiene que preparar comidas sanas.

   Prepare comidas sanas.

4. Es importante no hacer actividades que produzcan tensión en su vida.

   No haga actividades que produzcan tensión en su vida.

5. Ud. debe pasar más tiempo con sus amigos y menos tiempo en el trabajo.

   Pase más tiempo con sus amigos y menos tiempo...

6. Ud. tiene que caminar por lo menos cinco kilómetros al día.

   Camine por lo menos cinco kilómetros al día.

ACTIVIDAD 13 El dilema

Parte A: Piensa en uno de tus profesores de la escuela secundaria que no te caía bien. Describe qué cosas hacía esa persona que te molestaban.

Habla mucho pero no me contesta cuando yo tengo una pregunta. Me da mucha tarea difícil. Nunca contesta emails.

Parte B: Ahora, imagina que tienes la oportunidad de escribirle cuatro órdenes al / a la profesor/a de la Parte A para que sus clases sean mejores.

1. _Hable un poco menos, entonces que los estudiantes pueden trabajar._

2. _Conteste mis preguntas por favor._

3. _Nos de menos tarea difícil y más tarea fácil._

4. _Conteste mis emails (correos electrónicos)._

ACTIVIDAD 14   Pobres niños

Escribe órdenes que suelen escuchar los niños un día típico.

→ Magda / escribirlo

¡Escríbelo!

1. Carlitos / no tocarlo

   ¡No toquélo!

2. Felicia / darle las gracias a la señora

   ¡Déle las gracias a la señora.

3. Germán y Mauricio / ponerse la chaqueta

   ¡Se pongan la chaqueta

4. Roberto / tener cuidado porque esto quema

   ¡Tenga cuidado porque eso quema!

5. Fernanda / no jugar con la comida

   ¡No jugue con la comida!

6. Pepito / no entregar la tarea tarde

   No entregué la tarea tarde.

7. Carmen / hacerlo ya

   hagálo ya

8. Ramón / sacarse el dedo de la nariz

   Se saque el dedo...

9. Mónica y Silvia / escucharme

   Escuchénmo

10. Felipito / decir la verdad y no mentir más

    Diga la verdad y no mentir más.

ACTIVIDAD 15   Consejos contradictorios

Tienes dos amigos que siempre se contradicen al darte consejos. Escribe qué dijo cada uno de ellos.

Amigo A

1. No hagas la tarea; sal a divertirte.

2. Dixsi mentiras a tu pareja.

3. Ponte un par de *jeans* para ir a la fiesta.

4. No le hagas favores a Raúl.

5. No ve al trabajo

Amigo B

1. Haga tarea ; salga a divertir

2. No le digas mentiras a tu pareja.

3. No ponga un par de jeans para ir a la fiesta
   Le t hagi favores a Raúl

4. No vayas al trabajo el sábado; ven con nosotros a la playa.

ACTIVIDAD 16 Una compañera insoportable

Tienes una compañera de apartamento que nunca hace lo que debe hacer y cuando le dices lo que debe hacer, nunca te escucha. Por eso tienes que repetirlo todo y ser más directo/a. Usa órdenes informales y pronombres de complemento directo, si es posible. Sigue el modelo.

→ Tienes que lavar los platos. **Lávalos.**

1. Por favor, ¿puedes bajar el volumen? _____
2. No quiero que dejes la ropa en el suelo del baño. _____
3. ¿Podrías limpiar la bañera? _____
4. Me molesta cuando fumas en la cocina. _____
   _____
5. Debes recoger el periódico. _____
6. Tienes que ir a la lavandería. _____
   _____
7. No puedes sacar la basura por la tarde. _____
   _____
8. Tienes que sacar la basura por la mañana temprano. _____
   _____

ACTIVIDAD 17 ¡Ojo!

Escribe órdenes para las siguientes situaciones. Para hacerlo, primero marca si debes usar órdenes formales o informales y segundo si son singulares o plurales. Después, escribe las órdenes apropiadas.

1. ❏ formal   ❏ informal
   ❏ singular   ❏ plural

   no cruzar

   _____

2. ❏ formal   ❏ informal
   ❏ singular   ❏ plural

   no meter la mano

   _____

3. ☐ formal   ☐ informal
   ☐ singular   ☐ plural

   no jugar con fósforos

   _____

4. ☐ formal   ☐ informal
   ☐ singular   ☐ plural

   no acercarse más

   _____

5. ☐ formal   ☐ informal
   ☐ singular   ☐ plural

   no tocarlo

   _____

6. ☐ formal   ☐ informal
   ☐ singular   ☐ plural

   salir de allí

   _____

Illustrations © Cengage Learning 2015

ACTIVIDAD 18 Las instrucciones

Mira la Actividad 16 en la página 147 del libro de texto. Imita el estilo y el humor de lo que puso el empleado en el tablón de anuncios y escribe otro con el siguiente título:

Instrucciones para los que quieren graduarse de la universidad sin mucho esfuerzo

I. _____
   _____

II. _____
    _____

III. _____
     _____

IV. _____
    _____

V. _____
   _____

ACTIVIDAD 19 Un crucigrama

Completa este crucigrama sobre la comida. Recuerda que en los crucigramas las palabras no llevan acento.

Horizontal

6. Son pequeñas, redondas y verdes.

8. primer ____, segundo ____

9. Es una fruta redonda de Valencia y la Florida.

10. Es un postre español con huevos, leche y azúcar. Es parecido al *crème caramel* francés.

12. Se pone en las ensaladas. Es rojo.

14. A Bugs Bunny le gusta comer esta verdura de color naranja.

16. café con leche muy chiquito que se toma después de comer

20. vaca muy joven

21. Se come este plato al final de la comida. Puede ser fruta, helado, torta, etc.

22. Verdura que los conquistadores encontraron en México. Es la base de la tortilla mexicana.

23. A muchas personas no les gustan estos pescados pequeños en la pizza.

25. Es la base del guacamole. Es verde.

26. En España se llama cacahuete y en México cacahuate.

Vertical

1. Se usa la carne de este animal para hacer jamón.
2. Es como la leche, pero con más calorías.
3. pescados pequeños que generalmente se compran en lata
4. Es grande, y es verde por fuera y roja por dentro. Se come en el verano.
5. Esta verdura se usa en ensaladas. Es larga, verde por fuera y blanca por dentro.
7. Envase en que se compra la leche condensada. También es común comprar sopa en este tipo de envase.
10. Si los vegetales no están congelados, son ____.
11. Se toma el agua mineral con o sin ____.
13. En España es patata, pero en Latinoamérica es ____.
15. Pescado del océano. Se vende en latas con aceite o agua. En la televisión, usan el personaje de Charlie para anunciarlo.
17. Animales que viven en el océano. Producen perlas.
18. Fruta que no es completamente redonda. Es amarilla o marrón claro por fuera y blanca por dentro.
19. producto alargado, frecuentemente de carne de cerdo, que se produce en empresas como Oscar Mayer y Jimmy Dean
24. ingrediente principal de la paella

ACTIVIDAD 20 ¿Qué quieres tomar?

¿Qué cosas del segundo grupo asocias con las categorías de la primera columna?

1. ____ aperitivo
2. ____ primer plato
3. ____ segundo plato
4. ____ postre
5. ____ después del postre

a. aceitunas
b. maní
c. almendras
d. cordero asado con puré de papas
e. cortado
f. duraznos
g. ensalada de lechuga, tomate y cebolla
h. flan
i. langostinos con mayonesa

j. lenguado con verduras
k. sopa de lentejas
l. melón con jamón
m. merluza con arroz
n. pastel
o. sandía
p. sopa de garbanzos
q. Coca-Cola©, queso, una cerveza

ACTIVIDAD 21 Hábitos

Parte A: Contesta estas preguntas sobre tus hábitos alimenticios.

1. ¿Qué comiste ayer? Incluye absolutamente todo. _____

_____

_____

2. ¿Sueles comprar verduras frescas, enlatadas o congeladas? _____

_____

3. ¿Cuántas bebidas que contienen cafeína consumes al día? _____

_____

4. ¿Sueles comer comida de muchas o pocas calorías? _____

_____

5. ¿Cuáles son algunas comidas de alto contenido graso que te gustan? _____

_____

¿Con qué frecuencia sueles comerlas? _____

_____

6. ¿Sueles tomar un refresco dietético y después un postre con muchas calorías? _____

_____

7. Si comes algo tarde por la noche, ¿es ligero o pesado? _____

_____

8. ¿Desayunas, almuerzas y cenas todos los días? _____

_____

Parte B: Según tus respuestas de la Parte A, analiza si tienes buenos o malos hábitos alimenticios. ¿Qué puedes hacer para llevar una vida más sana?

_____

_____

_____

_____

_____

_____

_____

_____

Completa la siguiente receta para hacer una tortilla española usando **se** con cada verbo indicado. Por ejemplo, **se pone / se ponen**.

Tortilla española

5 papas grandes, picadas	4 huevos, batidos	sal
aceite de oliva	1 cebolla, picada	

Se pone (1. Poner) bastante aceite en una sartén a fuego alto. Mientras _Se calienta_ (2. calentar) el aceite, _se corta_ (3. cortar) cinco papas grandes en rodajas finas. _Se añade_ (4. Añadir) sal al gusto. También _se pica_ (5. picar) una cebolla. _Se fríe_ (6. Freír) las papas y la cebolla en el aceite caliente hasta que estén doradas y blandas. Mientras tanto, _Se bate_ (7. batir) bien cuatro huevos. _Se agrega_ (8. Agregar) sal al gusto. Después _Se quitan_ (9. quitar) las papas y la cebolla de la sartén y _Se mezclan_ (10. mezclar) con los huevos. _Se sacan_ (11. Sacar) la mayor parte del aceite de la sartén dejando solo un poquito. _Se echa_ (12. Echar) todo en la sartén y _Se pone_ (13. poner) a fuego alto. _Se cocina_ (14. Cocinar) poco tiempo y se le da la vuelta poniendo un plato encima. Después de hacer esto una vez más, _Se reduce_ (15. reducir) el fuego y _Se deja_ (16. dejar) cocinar. _Se sirve_ (17. Servir) la tortilla fría o caliente.

Los universitarios norteamericanos de primer año (los novatos) suelen tener una dieta poco saludable el primer año. Se enferman mucho, tienen problemas de piel y ganan o pierden peso. Escribe un artículo corto para un periódico, siguiendo las instrucciones para cada párrafo.

Párrafo 1: Explica el problema. Incorpora frases como **suelen comer, por la noche piden, en las fiestas beben, con muchas calorías.**

_____

_____

_____

_____

_____

_____

_____

_____

_____

Párrafo 2: Dales consejos a los estudiantes para que coman bien durante su primer año. Usa frases como **les aconsejo que, es mejor, es necesario, les digo que**.

_____

_____

_____

_____

_____

_____

_____

Párrafo 3: Haz una lista de cinco mandamientos graciosos (*funny*) para tener una dieta saludable para dárselos a un estudiante de primer año. Escribe las órdenes con la forma de **tú**.

1. _____

  _____

2. _____

  _____

3. _____

  _____

4. _____

  _____

5. _____

Nuevas democracias

CAPÍTULO
6

> **NOTE:** *Use the subjunctive if there is a change of subject; otherwise, use the infinitive.*

ACTIVIDAD 1 El miedo

Termina estas oraciones sobre el miedo y acontecimientos desagradables.

1. Teme _estar_ en la oscuridad. (estar)
2. Tiene miedo de que un gato negro _cruce_ su camino. (cruzar)
3. Tiene miedo de que la policía lo _pare_ y le _hecha_ un examen de alcoholemia. (parar, hacer)
4. Teme que _haya_ una guerra nuclear. (haber)
5. Es una lástima que no _hayan_ buenos trabajos para los jóvenes de hoy. (haber)
6. Es una pena que mucha gente _abuse_ de drogas como la cocaína y los esteroides. (abusar)
7. Tiene miedo de _vivir_ solo. (vivir)
8. Es horrible que _exista_ tanta violencia entre los jóvenes. (existir)
9. Teme no _encontrar_ a la persona de sus sueños. (encontrar)
10. Es lamentable que mucha gente _deje_ los estudios a una edad temprana. (dejar)

ACTIVIDAD 2 Es una pena, es raro o es bueno

Lee las siguientes oraciones y primero decide si las acciones dan pena, son raras o son buenas. Luego, completa las ideas con el presente del subjuntivo de los verbos que se presentan.

Es una pena *pity*   **Es raro** *strange*   **Es bueno** *good*

1. _Es raro_ que los padres _ayuden_ a sus hijos a seleccionar una universidad. (ayudar)
2. _Es bueno_ que un estudiante _sepa_ su especialidad antes de entrar en la universidad en los Estados Unidos. (saber)
3. _Es raro_ que la matrícula universitaria _cueste_ tanto en los EE.UU. (costar)
4. _Es bueno_ que un estudiante universitario _tenga_ más de lo necesario para pagar todos sus gastos. (tener)
5. _Es una pena_ que todos los años _muera_ estudiantes por beber demasiado alcohol. (morir)

6. _Es una pena_ que algunos estudiantes _lleven_ chuletas (*cheat sheets*) a clase. (llevar)

7. _Es bueno_ que los jóvenes universitarios _hechan_ trabajo voluntario en la comunidad. (hacer)
   hagan

ACTIVIDAD 3 La corrupción

La siguiente carta se publicó en un periódico. Complétala con la forma apropiada de los verbos que se presentan.

> Estimados lectores:
>
> Escribo esta carta para expresar mi indignación con los funcionarios _hagan_
>
> *hacer* del gobierno. Es una vergüenza que los funcionarios no _hechan_
>
> nada contra la corrupción que hay en este gobierno. Es importante que
>
> *haber* _haya_ un sistema de controles para mantener la ética laboral.
>
> *votar* Por un lado, es necesario _votar_ para elegir a quienes nos van a
>
> *explicar* gobernar, pero por otro, el pueblo espera que el gobierno le _explique_
>
> al ciudadano qué hace con su dinero. Por mi parte, me molesta que
>
> *pagar* nosotros les _paguemos_ el sueldo a esos individuos corruptos, que
>
> *estar* esos funcionarios no _estean_ en contacto con el pueblo y que no
>
> *trabajar* _trabajan_ para beneficio del pueblo sino para su propio beneficio.
>
> *estar* Como padre de familia, temo que nuestra generación les _esten_
>
> *ocurrir* dando un mal ejemplo a nuestros hijos. Lamento que esto _ocurra_ y
>
> *solucionar* ojalá que se _solucione_ pronto la situación.
>
> Un ciudadano como cualquier otro

ACTIVIDAD 4 Reacciones

Parte A: Marca **C** si crees que las oraciones son ciertas y **F** si crees que son falsas.

1. _____ El nivel de la enseñanza en los Estados Unidos es más bajo cada año.
2. _____ Los americanos gozan de (*enjoy*) un nivel de vida muy alto.
3. _____ El consumo de drogas ilegales es un gran problema para todo el mundo.
4. _____ Los políticos, por lo general, son corruptos.
5. _____ Los grupos como la Asociación Nacional del Rifle tienen mucho poder.

6. _____ En este país necesitamos definir nuestros valores y principios morales.

7. _____ Hay separación entre Estado e Iglesia en los Estados Unidos.

8. _____ Los políticos gastan demasiado dinero en las campañas políticas.

Parte B: Ahora, comenta sobre las oraciones que marcaste con una **C** en la Parte A. Usa frases como **es bueno, es lamentable, me da pena, temo, tengo miedo**.

_____

_____

_____

_____

_____

_____

_____

_____

NOTE: *Remember to use* **haya, hayas, etc.** + past participle *to refer to the past.*

ACTIVIDAD 5 Los indígenas

Escoge respuestas lógicas para describir el presente y el pasado de la vida de los indígenas de Latinoamérica.

1. Es horrible que tantos indígenas **sean / hayan sido** víctimas de las enfermedades que llevaron los conquistadores a América.

2. Es una vergüenza que **mueran / hayan muerto** tantos indígenas durante la segunda mitad del siglo XX en Guatemala.

3. Es admirable que Rigoberta Menchú **reciba / haya recibido** el Premio Nobel de la Paz por darle a conocer al mundo los problemas de los indígenas en Guatemala. También es maravilloso que Menchú **luche / haya luchado** todavía por los derechos humanos de su pueblo.

4. Es bueno para los indígenas que Evo Morales **asuma / haya asumido** la presidencia de Bolivia.

5. Es lamentable que Chevron© (antes Texaco©) **entre / haya entrado** en la selva ecuatoriana y que le **cause / haya causado** tanto daño al medio ambiente durante 40 años.

6. Es increíble que Pablo Fajardo, un abogado joven de familia humilde que representó al Frente para la Defensa de la Amazonía (FEDAM), **gane / haya ganado** un pleito contra Chevron© de 16.000 millones de dólares.

7. Es fantástico que la CNN **nombre / haya nombrado** a Fajardo Héroe de CNN por luchar como David contra el Goliat de Chevron©.

Continúa

8. Es bueno que ahora, con medios de comunicación como Internet, el mundo entero **pueda /
haya podido** estar más informado de lo que ocurre cada día.

9. Pero es una pena que todavía **exista / haya existido** discriminación contra los indígenas.

ACTIVIDAD 6   Observaciones y deseos

Termina estos deseos y observaciones sobre la educación con el presente del subjuntivo, el pretérito perfecto del subjuntivo o el infinitivo de los verbos que se presentan.

1. Me alegra…
   conozco a mucha gente de diferentes razas y religiones. (conocer)
   que mis padres me _regalen_ libros cuando era niño en vez de juguetes bélicos.
   (regalar)
   que mi futuro no _tenga_ límites. (tener)

2. Me sorprende…
   que _haya habido_ casas sin libros en el mundo de hoy. (haber)
   que muchas personas no _aprendan_ a leer cuando estaban en la escuela
   primaria. (aprender)
   que _haya habido_ adultos analfabetos. (haber)

3. Es una pena…
   que el sistema educativo no _funcione_ para ellos durante su niñez. (funcionar)
   que hoy en día no todos los niños _tengan_ el mismo acceso a la enseñanza.
   (tener)
   vivir en un mundo con un alto índice de analfabetismo. (vivir)

4. Ojalá…
   que los niños _tengan_ libros en el futuro. (tener)
   que al llegar a adultos _sepan_ leer. (saber)
   que les _encanten_ los cuentos de Aladino. (encantar)
   que _aprenda_ a pensar por sí mismos al leer. (aprender)

ACTIVIDAD 7   Tu educación

Escribe un párrafo sobre la manera en que te criaron (*raised you*) tus padres usando el pretérito
perfecto del subjuntivo. Habla de los puntos buenos y los malos.

Me alegra que mis padres me hayan dejado… A la vez me molesta que ellos no…

_____
_____
_____
_____
_____
_____

ACTIVIDAD 8 Durante mi vida

Parte A: Haz una lista de tres acontecimientos positivos y tres negativos que han ocurrido en el mundo durante tu vida hasta el año pasado. Piensa en cosas como la invención del *smartphone*, que los Estados Unidos participaron en una guerra contra Irak, etc.

Positivos	Negativos
1. _____ _____	1. _____ _____
2. _____ _____	2. _____ _____
3. _____ _____	3. _____ _____

Parte B: Ahora, comenta sobre esos acontecimientos. Usa expresiones como **me alegra que, me da pena que, es fantástico que, es una pena que**.

→ **Me alegra que hayan inventado el *smartphone*.**

_____
_____
_____
_____
_____
_____
_____

Parte C: Ahora expresa dos esperanzas para el futuro.

1. Ojalá que _____.
2. Espero que _____.

ACTIVIDAD 9 Asociaciones

Indica si asocias las siguientes palabras con una democracia o una dictadura.

	Democracia	Dictadura
1. activismo político	_____	_____
2. amenazas	_____	_____
3. campañas políticas	_____	_____
4. censura	_____	_____
5. golpes de estado	_____	_____
6. huelgas	_____	_____
7. juntas militares	_____	_____
8. libertad de prensa	_____	_____
9. manifestaciones	_____	_____

10. partidos políticos   _____   _____

11. violación de derechos humanos   _____   _____

ACTIVIDAD 10 Un crucigrama

Completa el crucigrama. Recuerda que en los crucigramas las palabras no llevan acento.

Horizontal

3. Es bueno cuando dos países llegan a un _____ y así evitan una guerra.

4. Cuando una persona puede expresar sus ideas, tiene libertad de _____.

7. Muchas personas hacen cosas buenas para el bienestar _____.

8. Cada cuatro años todo partido político organiza una campaña _____ en los EE.UU. para ganar la presidencia.

11. Se le da esto a un policía para no recibir una multa.

12. Otra palabra para los periódicos es la _____.

13. No hay _____ de oportunidades laborales para las mujeres como para los hombres.

14. Hay que respetar los _____ humanos.

Vertical

1. En algunas ocasiones, cuando a los militares no les gusta un gobierno, dan un _____ de estado.

2. La gente de un país es el _____.

5. "Te voy a matar" es una _____.

6. Los eventos que ocurren también se llaman _____.

9. La acción de prohibir que se lean ciertos libros, que se vean ciertas películas o que se escuchen ciertas canciones es _____.

10. Una forma de protesta es no trabajar y a eso se le llama _____.

ACTIVIDAD 11 ¿Qué opinas de la política?

Di si te sorprende, si es lamentable o si simplemente no te importa cuando ocurren las siguientes situaciones. Justifica tu opinión.

→ Es obligatorio votar en algunos países.
Me sorprende que sea obligatorio votar en algunos países porque...

1. Un político paga pocos impuestos. _____

_____

2. Hay corrupción en muchos sectores del gobierno. _____

_____

3. Los candidatos presidenciales gastan cientos de millones de dólares en su campaña electoral. _____

_____

4. Un político tiene una aventura amorosa._____

_____

5. Otro país contribuye con dinero a la campaña electoral de un candidato. _____

_____

ACTIVIDAD 12 ¿Cierto o falso?

Parte A: Marca si crees que las siguientes oraciones son ciertas (**C**) o falsas (**F**).

1. _____ Costa Rica tiene más profesores que policías.

2. _____ La CIA sabía que se preparaba un golpe de estado contra el presidente Allende en Chile en 1973 y no hizo nada para prevenirlo.

3. _____ Tanto Panamá como Costa Rica no tienen fuerzas militares.

4. _____ En España las campañas electorales duran 15 días y terminan a la medianoche el día antes de las elecciones.

5. _____ En España, cinco días antes de las elecciones, se prohíbe la publicación de los resultados de sondeos (*polls*) electorales.

6. _____ En España el día antes de las elecciones no se puede hacer campaña política porque es un día de reflexión.

> **NOTE:** *Remember to use* **haya, hayas, etc.** + past participle *to refer to the past.*

Parte B: Todas las oraciones de la Parte A son ciertas. Escribe tus opiniones sobre esos datos históricos. Usa frases como **me sorprende que, es una lástima que, me gusta que, es fantástico/increíble/bueno/horrible que,** etc.

1. _____
   _____

2. _____
   _____

3. _____
   _____

4. _____
   _____

5. _____
   _____

6. _____
   _____

ACTIVIDAD 13 Miniconversaciones

Termina estas conversaciones con el presente del indicativo, el presente del subjuntivo o el pretérito perfecto del subjuntivo de los verbos que se presentan.

1. —¿Qué opinas sobre el nuevo gobierno?
   —Es posible que ___establezca___ un buen programa a nivel nacional. (establecer)
   —Otra cosa, no creo que ___sea___ igual de corrupto que el gobierno anterior. (ser)

2. —No cabe duda de que ___vaya___ a tener éxito la campaña electoral de María Ángeles Pérez Galván. Cada día es más popular. Es obvio que ___vaya___ a ganar. (ir, ir)
   —No sé. Faltan siete días para el debate televisivo. Es probable que el otro candidato ___ofrezca___ en el debate mejores soluciones a los problemas a nivel nacional. (ofrecer)
   —Pero, dudo que él las ___lleve___ a cabo. (llevar)
   —Obviamente no. Ningún político hace lo que promete.

3. —¿Oíste que el dueño de la compañía REPCO no cree que actualmente ___haya existido___ o que ___exista___ en el pasado algún tipo de discriminación contra las mujeres? (existir, existir)
   —Está claro que él ___miente___ pues sabe muy bien que no es así. La reputación de la compañía es pésima. Siempre hay demandas contra ellos. (mentir)

ACTIVIDAD 14 De acuerdo o no

Parte A: Indica si estás de acuerdo o no con las siguientes oraciones. Escribe la palabra **sí** si la oración refleja tu opinión y **no** si no la refleja.

1. _____ Hay menos discriminación racial en los Estados Unidos que en Europa.
2. _____ Los Estados Unidos invierten demasiado dinero en gobiernos de otros países.
3. _____ Puede haber un golpe de estado en los Estados Unidos en el futuro próximo.
4. _____ Se debe censurar la pornografía en los Estados Unidos.
5. _____ En los Estados Unidos existe total libertad de prensa.

Parte B: Ahora escribe oraciones sobre tus opiniones de la Parte A. Si escribiste **sí**, usa expresiones como **es cierto que, es evidente que, no cabe duda (de) que, creo que**. Si escribiste **no**, usa expresiones como **no creo que, no es posible que, no es verdad que**.

_____

_____

_____

_____

_____

_____

_____

_____

_____

_____

_____

_____

ACTIVIDAD 15 Tu profesor/a

Parte A: Escribe tres oraciones con datos de los cuales estás seguro/a acerca de la vida de tu profesor/a. Usa frases como **estoy seguro/a (de) que, no cabe duda (de) que, es verdad que**.

→ **Estoy seguro/a (de) que mi profesor/a tiene título universitario.**

1. _____

_____

2. _____

_____

3. _____

_____

Parte B: Ahora escribe tres dudas que tienes sobre las acciones de tu profesor/a y sus actividades. Usa frases como **dudo que, no es verdad que, no es posible que**.

→ **Dudo que mi profesor/a haya trabajado en el Cuerpo de Paz.**

1. _____

   _____

2. _____

   _____

3. _____

   _____

ACTIVIDAD 16 Gente famosa ✗

Forma oraciones sobre gente famosa. Usa pronombres relativos en las oraciones.

→ Federico García Lorca / ser autor de poemas y dramas / morir a manos de los fascistas durante la Guerra Civil española

Federico García Lorca fue un autor de poemas y dramas que murió a manos de los fascistas durante la Guerra Civil española.

1. Rosa Parks / ser activista / sentarse en la parte delantera de un autobús para protestar contra la discriminación _Rosa parks fue activista que se_ _sentó_

2. Georgia O'Keeffe / ser artista / pintar cuadros de flores e imágenes del suroeste de los Estados Unidos _Georgia ó Keeffe fue artista que pintó..._

3. Alvin Ailey / ser coreógrafo / introducir muchas innovaciones al mundo del baile _Alun Aile fue coreógrafo que introdujo muchas innovaciones..._

4. Lucille Ball / ser comediante / hacernos reír con sus programas de televisión _Lucelle Ball fue comediante que hizo reír con sus programas..._

5. Jesse James / ser ladrón / robar bancos en el oeste de los Estados Unidos _Jesse James fue ladrón que robó bancos en el oest de los U.S._

Para	Por
• destination — U.S.	- exchange por $ $ correo
• purpose — escribir	- duration — 5 min.
• deadline — el viernes	motivation, "vamos a la tienda po la leche"
• standard	- movement by
this is tall for this age [es alto para su edad]	through train car

ACTIVIDAD 17   Tres películas

Lee lo que escribió un estudiante sobre tres películas. Decide si usó **por** o **para** en cada situación.

Tuve que ver tres películas ___para___ (1) una clase de ciencias políticas: *La historia oficial*, sobre la guerra sucia en Argentina a finales de los 70; *Missing*, que tiene lugar unos días después del golpe de estado en Chile en 1973 y *Hombres armados*, una historia ficticia en algún país de Centroamérica o Suramérica a finales del siglo pasado. Las tres películas tienen algo en común: los protagonistas son personas inteligentes y simpáticas pero ingenuas e inocentes. En las tres películas los directores usan las vivencias de los protagonistas ___para___ (2) educar al público a través de las verdades horrorosas que descubren los protagonistas.

En *La historia oficial*, Alicia es madre y profesora de historia. Hace todo ___para___ (3) el bien de sus estudiantes y de su hija adoptiva. Un día sus estudiantes le preguntan si ella cree todo lo que lee en los libros. Eso le hace pensar en los padres biológicos de su hija y empieza a investigar. Pasa ___por___ (4) un hospital en busca de información sobre su nacimiento. Luego conoce a las madres y abuelas de gente desaparecida durante la guerra sucia. Estas abuelas forman una organización y una de sus metas es trabajar día y noche ___para___ (5) encontrar a los bebés, o sea a sus nietos, que nacieron en cárceles clandestinas y que nunca tuvieron la oportunidad de conocer a sus padres. Así Alicia averigua que su hija es la hija de una pareja desaparecida.

En la película *Missing*, basada en una historia real, Ed va ___para___ (6) Chile ___para___ (7) buscar a su hijo, un periodista izquierdista norteamericano, que desapareció después de un golpe militar. En Chile se encuentra con su nuera Beth, quien le cuenta que el gobierno militar detuvo a su esposo _____ (8) sus ideas liberales. Ed es muy patriótico y es de la opinión que con la ayuda de la embajada de los EE.UU. va a encontrar a su hijo. Pero al llegar al consulado, no puede averiguar nada sobre él. Nadie hace nada ___para___ (9) él, ni los chilenos ni los americanos. Poco a poco pierde la esperanza, y al final se entera que mataron a su hijo, y que todo ocurrió con la ayuda del gobierno norteamericano.

Hombres armados es un poco diferente ___por___ (10) no ser sobre un país o un suceso específico. Sin embargo, le muestra al público la violencia no solo de los militares, sino también de la guerrilla. La película trata de siete jóvenes que estudiaron ___para___ (11) ser médicos. Su profesor, el Dr. Fuentes, es un hombre bueno pero que no tiene idea de lo que se sufre en el campo de su propio país. Cuando el doctor oye que hay problemas con sus exalumnos que trabajan en el campo, sale _____por_____ (12) la zona _____para_____ (13) ver con sus propios ojos qué ocurre. Al pasar _____por_____ (14) diferentes pueblos, ve la destrucción y la muerte causada _____por_____ (15) la violencia. Poco a poco él empieza a tomar conciencia de la realidad al igual que Ed en *Missing*, que Alicia en *La historia oficial* y que el público que ve estas películas. Esa es la manera en que los directores usan las películas _____para_____ (16) obligarle al mundo a ver, entender y no olvidar lo que ocurrió.

ACTIVIDAD 18 Un discurso

Termina el siguiente discurso dado por un político después de haber cumplido un año en el poder. Usa el infinitivo, el presente del indicativo, el presente del subjuntivo o el pretérito perfecto del subjuntivo de los verbos que se presentan. En algunos casos, debes elegir entre dos opciones y completar los espacios con la palabra o frase lógica.

Después de un año con el partido Alianza Común trabajando _____por_____ (por/para) el bienestar común, espero que Uds. _____estén_____ (estar) contentos con los cambios. No queremos decepcionar a la gran mayoría de los ciudadanos _____quienes_____ (que/quienes) votaron por AC.

Cuando los militares, _____quienes_____ (que/quienes) aterrorizaron al pueblo, dejaron de gobernar, tuvimos un renacimiento de ideas y de libertades. Es fantástico que ahora Uds. _____puedan_____ (poder) vivir en paz, que _____tengan_____ (tener) voz en todos los aspectos del gobierno y que sus opiniones y necesidades _____formen_____ (formar) la base de nuestro gobierno de hoy y del futuro. Ahora cuando viajo _____por_____ (por/para) el país veo felicidad en vez de tristeza y miedo.

Durante mi primer año, hemos logrado muchos triunfos. Me alegra:

- que el año pasado, el partido Alianza Común _____construya_____ (construir) 1.650 casas _____para_____ (por/para) gente necesitada;

- que el mes pasado, AC _____inicia_____ (iniciar) programas preescolares y prenatales;

- que durante el año se _____abra_____ (abrir) 50 fábricas nuevas;

- que en solo 12 meses __baja__ (bajar) el desempleo al 7,8%;

- que a través de este año, el gobierno __respete__ (respetar) los derechos humanos de toda su gente.

ø a deubt

Estoy seguro de que Uds. __apoyan__ (apoyar) los objetivos de Alianza Común. Lamento __dice__ (decir) que los cambios no ocurren de la noche a la mañana, pero los programas __que__ (que/quienes) hemos iniciado, poco a poco, van a contribuir al progreso. Espero __poder__ (poder) cumplir con mis promesas.

El cumpleaños de mi hija, __quien__ (que/quien) todavía está en la escuela primaria, fue ayer, y durante su fiesta, vi en su cara y sus ojos el futuro de nuestra nación. Es verdad que *ø a deubt* nosotros les __debemos__ (deber) a los niños un futuro seguro y sin preocupaciones. Ojalá que nosotros se lo __podamos__ (poder) dar. Con la ayuda y apoyo de Uds., podemos convertir los sueños en realidad __para__ (por/para) nosotros y __para__ (por/para) futuras generaciones.

purpose / recipient

ACTIVIDAD 19 El gobierno estudiantil

Imagina que eres candidato/a para el puesto de presidente del gobierno estudiantil de la universidad. Escribe un discurso usando el discurso de la actividad anterior como modelo e incluye cosas que hiciste y promesas que esperas cumplir. Integra el subjuntivo, el indicativo y el infinitivo en el discurso.

Por	Para
(A)round a place "by"/"near"	(P)urpose "es un vaso para agua"
(T)hrough a place "through"	(E)ffect "estudio para aprender"
(T)ransportation "por tren, coche..."	(R)ecipient "el regalo es para ella"
(R)eason "el hombre murió por falta de agua"	(F)uture / point in time "la tarea es para mañana"
(A)fter "going after something"	(E)mployment "trabajo para Aurora"
(C)ost	(C)omparison "para un niño, es muy alto"
(T)hanks	(T)owards "voy para el parque"
(E)xchange	
(D)uration	

_____

_____

_____

_____

_____

_____

_____

_____

_____

_____

_____

_____

_____

_____

_____

_____

_____

_____

Nuestro medio ambiente

ACTIVIDAD 1   Verano o invierno

Categoriza las siguientes actividades.

acampar	hacer alas delta	hacer esquí nórdico	jugar al basquetbol
bucear	hacer esquí acuático	hacer *snowboard*	jugar al béisbol
escalar	hacer esquí alpino	hacer surf	montar en bicicleta

1. Actividades que se hacen en el verano: _____
    _____

2. Actividades que se hacen en el invierno en Colorado: _____
    _____

3. Actividades que se hacen en el océano: _____
    _____

4. Actividades que se hacen en un lago: _____
    _____

5. Actividades que se hacen en las montañas: _____
    _____

ACTIVIDAD 2   Para ir de *camping*

Completa esta conversación entre dos compañeros de trabajo que planean un viaje donde van a hacer *trekking* y acampar.

Margarita: Puede haber muchos mosquitos. Sería buena idea comprar un buen
_____ (1).

Gonzalo: Sí, porque si no, nos van a comer vivos.

Margarita: Es cierto. ¿Qué más?

Gonzalo: Como no vamos a tener electricidad, entonces para leer por la noche
necesitamos una _____ (2).

Margarita: Sí, yo tengo una. Y es linterna con cargador _____ (3) así que lo
único que tengo que recordar es ponerla al sol durante el día.

Gonzalo: Es verdad. Y necesitamos otro cargador para las cámaras y los celulares.
Hablando de la noche… ¿y para dormir?

Margarita: Tengo un amigo que tiene una _____ (4) para tres personas.
Voy a ver si nos la puede prestar.

Gonzalo:	Y mis amigos tienen dos _____ (5) de dormir.
Margarita:	¡Qué bien! Así no vamos a pasar nada de frío. ¿Algo más?
Gonzalo:	Como vamos a estar a mucha altura y allí el sol pega fuerte, ¿quizás un _____ (6)?
Margarita:	Buena idea. Ahhh… y yo tengo una _____ (7) por si acaso necesitamos cortar algo o abrir una lata de comida; como sabes, siempre se necesita.
Gonzalo:	Bueno, creo que eso es todo.
Margarita:	No, nos falta una cosita.
Gonzalo:	¿Qué?
Margarita:	Un buen _____ (8) de la zona porque si no lo tenemos, vamos a perdernos y tenemos que estar en el trabajo el lunes.

ACTIVIDAD 3 ¿Con qué frecuencia?

Parte A: Marca con qué frecuencia haces las siguientes actividades relacionadas con el medio ambiente.

	ACTIVIDAD	Jamás	A veces	A menudo
1.	comprar verduras orgánicas	☑	☐	☐
2.	usar un cargador solar	☑	☐	☐
3.	acampar	☑	☐	☐
4.	participar en manifestaciones contra el abuso del medio ambiente	☐	☑	☐
5.	reciclar periódicos, plástico y vidrio	☐	☑	☐
6.	montar en bicicleta en vez de manejar	☑	☐	☐
7.	apagar las luces al salir de una habitación	☐	☑	☐
8.	reutilizar papel	☐	☑	☐
9.	votar por candidatos que favorecen la protección del medio ambiente	☐	☑	☐
10.	no comprar productos de compañías que abusan del medio ambiente	☐	☑	☐

Parte B: Ahora, escribe oraciones basadas en tus respuestas de la Parte A.

→ Jamás / A veces / A menudo

A menudo compro verduras orgánicas.

1. _Jamás compro verduras ..._
2. _Jamás uso un ..._
3. _Jamás acampo ..._
4. _A veces participo ..._
5. _A veces reciclo ..._

6. Jamás monto en bicicleta
7. Aveces apago las luces...
8. Aveces reutilizo papel
9. Aveces voto por candidatos
10. Aveces o compro...

ACTIVIDAD 4 El medio ambiente

Según tus respuestas a las Partes A y B de la Actividad 3, contesta esta pregunta: ¿Respetas o no el medio ambiente?

_____

_____

_____

_____

NOTE: The verb **quedar** *(to have something left) agrees with what is left:* **Me quedan algunos problemas por comentar, pero a él no le queda ninguno.**

ACTIVIDAD 5 Las gangas

Hay unas ofertas excepcionales en una tienda de artículos para acampar. Una persona llama por la tarde para averiguar si todavía tienen las siguientes cosas. Escribe las preguntas de la cliente y las respuestas del vendedor, usando **algunos/as** (✓) o **ninguno/a** (—).

→ bicicletas de montaña (✓)

Cliente: **¿Todavía les quedan algunas bicicletas de montaña?**

Vendedor: **Sí, nos quedan algunas.**

1. linternas (✓)
   Cliente: ¿Todavía les quedan algunas linternas?
   Vendedor: Sí nos quedan algunas.

2. sacos de dormir (—)
   Cliente: ¿Todavía les quedan algunos sacos de dormir?
   Vendedor: No, nos quedan ningunos.

3. tiendas de campaña (—)
   Cliente: ¿Todavía les quedan algunas tiendas de acampaña?
   Vendedor: No, nos quedan ningunas.

4. navajas suizas (✓)
   Cliente: ¿Todavía les quedan algunas navajas suizas?
   Vendedor: Sí, nos quedan algunas.

5. tablas de surf (—)

   Cliente: ¿Todavía les quedan algunas tablas de surf?

   Vendedor: No, no nos quedan algunas.

6. bicicletas de carrera (✓)

   Cliente: ¿Todavía les quedan algunas bicicletas carreras?

   Vendedor: Sí, no nos quedan ningunas.

7. mochilas (—)

   Cliente: ¿Todavía les quedan

   Vendedor: No, no nos quedan ningunas.

8. carteles de animales en peligro de extinción (—)

   Cliente: ¿Todavía les quedan algunos carteles de animales peligro

   Vendedor: No, no nos quedan ningunos. extinc

ACTIVIDAD 6 Una nota

Pablo le lleva unos folletos a su hermana, pero como ella no está, le deja la siguiente nota. Complétala con palabras afirmativas y negativas.

Isabel:

Vine a traerte los folletos de Nicaragua, pero no había __ningunos__ (1) en tu casa y como __ningunos__ (2) me has dado llave de tu apartamento no pude entrar. Por eso pasé __algunos__ (3) folletos por debajo de la puerta, pero no pude pasarlos todos. Todavía tengo __algunos__ (4) yo. Míralos y llámame si quieres más información. Puedes quedarte con los folletos porque ya no necesito __ningunos__ (5). ¿Piensas ir a Nicaragua sola o con __alguien__ (6) amigo? Es más divertido si vas con __alguien__ (7); __alguien__ (8) en mi vida he pasado unas vacaciones tan divertidas como las que pasé en Nicaragua.

   Llámame esta noche y si no contesto, deja un mensaje y te llamo. Es posible que tenga que ir a una reunión de vecinos, pero si no puede asistir __ninguno__ (9) esta noche, va a ser mañana.

                                                        Pablo

---

ACTIVIDAD 7 La persona ideal

Una mujer puso este anuncio en Internet para tratar de encontrar pareja. Complétalo con el presente del indicativo o del subjuntivo.

_____Soy_____ (1. ser) una mujer de 25 años. No _____cocino_____ (2. cocinar),

pero _____te gustan_____ (3. gustarle) las comidas exóticas. Busco un hombre que

_____sepa_____ (4. saber) cocinar bien y que _____haga_____ (5. hacer) experimentos

gastronómicos. También _____es soy_____ (6. ser) muy ordenada y no _____suele_____

(7. soler) llevar amigos a casa, pero _____tengo_____ (8. tener) muchos amigos.

Necesito un hombre que _____respete_____ (9. respetar) mi privacidad, pero que también

_____se divierta_____ (10. divertirse) en compañía de amigos. Una cosa más, es importante

que ese hombre no _____les tenga_____ (11. tenerles) alergia a los gatos porque a mí

_____te fascinan_____ (12. fascinarle) y _____tengo_____ (13. tener) tres. También busco un

hombre que _____posea_____ (14. poseer) espíritu aventurero… suficientemente aventurero

como para contestar este anuncio.

NOTE: *Certain words denoting occupations are rarely used in the feminine:* **la mujer carpintero.**

ACTIVIDAD 8 Tu familia

Parte A: Marca las ocupaciones que tienen diferentes miembros de tu familia.

☑ carpintero   ☑ doctor/a   ☐ electricista
☑ mecánico/a   ☐ plomero (*plumber*)   ☐ contador/a
☐ dentista   ☐ fotógrafo/a   ☐ psicólogo/a

Parte B: Tus amigos tienen muchos problemas y poco dinero. Por eso, si un pariente tuyo puede prestarles sus servicios a un precio reducido tú los tratas de ayudar. Según tus respuestas de la Parte A, contesta estas preguntas de tus amigos.

→ Necesito ir al dentista. ¿Conoces a alguien?

Lo siento, no conozco a ningún   Sí, mi primo Charlie es dentista y
dentista. / No conozco a nadie.   te puede ayudar.

1. Mi carro no funciona. ¿Conoces a alguien que lo pueda arreglar?
    Sí, mi primo es dentista y te puede ayudar.

2. Tengo fiebre y no puedo respirar bien. ¿Conoces a un buen médico?

Sí, mi mamá es médica y te puede ayudar.

3. Pienso comprar una lavadora y tengo que instalar un enchufe (*electrical outlet*) primero. ¿Conoces a alguien que sepa hacerlo?

No, no conozco a nadie.

4. Mi hijo está muy deprimido y quiero buscarle ayuda. ¿Conoces a alguien?

No, no conozco a nadie.

5. Llegué a casa y el inodoro no funciona; hay agua por todas partes. ¿Conoces a alguien que pueda venir de inmediato?

No, no conozco a nadie.

6. Tengo que hacer mis impuestos federales y no entiendo nada porque es sumamente complicado. ¿Conoces a alguien que me pueda ayudar?

No, no conozco a nadie.

7. Pensamos casarnos en febrero y no sabemos quién va a sacar las fotos. ¿Conoces a alguien?

Sí, mi hermano es un fotógrafo y te puede ayudar.

8. Quiero cambiar mi cocina: estoy harto (*fed up*) de tener una cocina fea y vieja. Quisiera una moderna. ¿Conoces a alguien que haga remodelaciones?

No, no conozco a nadie.

NOTE: *Use a form of* **haya** + past participle *to refer to possible past actions.*

ACTIVIDAD 9 Tus amigos

Completa las preguntas sobre tus amigos con la forma apropiada del verbo indicado y después contéstalas.

→ ¿Conoces a algún estudiante que **tenga** perro? (tener)

Sí, mi amigo Bill tiene perro.   **No, no conozco a ningún estudiante que tenga perro.**

1. ¿Conoces a alguien que _sepa_ hablar japonés? (saber)

Sí, mi amigo Dyon habla japonés

2. ¿Conoces a alguien que _estudie_ en Suramérica el año pasado? (estudiar)

No, no conozco a ningún persona que estudie en Suramérica el año pasado

3. ¿Tienes alguna amiga que _haga_ surf? (hacer)

Sí, mi madre hace surf.

4. ¿Sueles comer con alguien que _sea_ vegetariano? (ser)

Sí, mi amigo es vegetariano.

5. ¿Conoces a alguien que ya _~~consiga~~_ un buen trabajo para el verano que viene? (conseguir)

No, no conozco nadie que consiga un buen trabajo para el verano que viene.

ACTIVIDAD 10 El lugar perfecto

Termina las siguientes oraciones sobre tus lugares ideales.

1. Quiero vivir en una casa _que esté en una ciudad_ .
   (que estar en el campo / que estar en una ciudad)
2. Necesito trabajar en una empresa _que pague bien._ .
   (que pagar bien / que tener un ambiente estimulante)
3. Si me caso algún día, prefiero pasar mi luna de miel en un sitio _donde haya mucho que hacer._
   (donde haber playa privada / donde haber mucho que hacer)
4. Después de graduarme, tengo ganas de visitar un país _donde pueda hacer safari._
   (donde poder escalar montañas / donde poder hacer un safari)
5. Si tengo hijos, quiero criarlos (raise them) en un lugar _donde haya buenas escuelas._
   (donde no haber robos / donde haber buenas escuelas)

ACTIVIDAD 11 ¿Hay o no hay?

Primero haz preguntas usando las siguientes frases y después contéstalas para dar tus opiniones.

→ es posible / muchos jóvenes / beber y manejar

¿Es posible que haya muchos jóvenes que beban y manejen?

Sí, sé que hay jóvenes que beben y manejan, pero no conozco a nadie que beba y maneje.

Sí, hay muchos que beben y manejan.

1. es posible / muchas personas / ser completamente honradas   honradas?
   ¿Es posible que muchas personas sean completamente?

   Sí, muchas personas son completamente honradas.
2. es probable / padres / no comprarles juguetes bélicos a sus hijos   bélicos a sus hijos.
   ¿Es probable que padres no comprenles juguetes?

   Sí hay muchas padres que no se las compren.

3. es posible / mucha gente / tener un arma en su casa

   ¿Es posible que mucha gente tenga un arma en su casa ?

   No, mucha gente no tiene un arma en mi casa.

4. es posible / mujeres de más de 50 años / poder tener hijos

   ¿Es posible que mujeres de más de 50 años puedan tener ?

   Sí, mujeres de más de 50 años pueden tener hijos.

5. es probable / muchos estudiantes / pagar más de $45.000 al año por sus estudios

   ¿Es probable que muchos estudiantes paguen más de $45000 al año por sus estudios? ?

   Sí, muchos estudiantes pagan más de $45000 por sus estudios.

ACTIVIDAD 12   El ecoturismo

Quieres hacer un viaje de ecoturismo a una zona remota del río Amazonas en Perú. El único problema es que no quieres ir solo/a. Escribe un anuncio explicando qué tipo de compañero/a buscas.

Quiero hacer un viaje al río Amazonas en Perú. Quiero ir con una persona que _____

_____

_____

_____

_____

_____

ACTIVIDAD 13   Tus parientes

Completa las preguntas sobre tu familia con la forma apropiada del verbo indicado y después contéstalas.

→ ¿Hay alguien de tu familia que **viva** en otro país? (vivir)

Sí, hay alguien de mi familia que vive en otro país.   **No, no hay nadie de mi en familia que viva en otro país.**

1. ¿Hay alguien de tu familia que _____tenga_____ más de cien años? (tener)

   No, no hay nadie que tenga más de cien años.

2. ¿Hay alguien de tu familia que _____viva_____ en un asilo de ancianos? (vivir)

   No, no hay nadie que viva en un asilo de ancianos

3. ¿Hay alguien de tu familia que _____lleve_____ casado más de cincuenta años? (llevar) Sí, hay alguien de mi familia que lleva casado más de cincuenta años.

4. ¿Hay alguien de tu familia que ____sea____ presidente de una compañía en el pasado? (ser) No, no hay nadie que sea presidente de un campañía en el pasado.

5. ¿Hay alguien de tu familia que en la actualidad ____trabaje____ como voluntario? (trabajar) Sí, hay alguien de mi familia que trabaja como voluntario.

6. ¿Hay alguien de tu familia que ____esté____ embarazada en este momento? (estar) Sí, hay alguien de mi familia que está embarazada.

7. ¿Hay alguien de tu familia que ____se gradue____ de esta universidad? (graduarse) Sí, hay alguien de mi familia que se gradua de esta universidad.

ACTIVIDAD 14 Pesimismo

Eres un/a estudiante muy pesimista. Critica el presente y el pasado de tu universidad usando frases como **no hay ningún/ninguna profesor/a que, no hay nada aquí que, no conozco a nadie que, no hay ninguna clase que**.

_____
_____
_____
_____
_____

> **NOTE:** *If actions are pending, use the subjunctive; if they are habitual or completed, use the indicative.*

ACTIVIDAD 15 La publicidad

Completa estas oraciones para hacer anuncios publicitarios. Usa el presente del indicativo, el subjuntivo o el infinitivo.

1. Todos los días después de que ____llegar____ a casa, tomamos un refrescante vaso de Jugo Tropical y nos sentimos mejor. (llegar) [infin.]

2. Mañana cuando ____se duche__ o __me ducho____, relájese y revitalice su cuerpo con Gel de Vitaliz, tratamiento para la piel con aloe y lanolina. (ducharse) [susunctive]

3. Esta noche mientras Ud. ____está____ sentado en su sillón favorito para mirar la tele, goce de un masaje personal con los dedos mágicos de Manos Suecas. (estar) [susunctive]

4. Cuando ___quiera___ hacer una pausa en una película que (estás) viendo en la tele o
   cuando ___quieres___ volver a ver una escena chistosa, ¿te resulta difícil hacerlo?
   ¿Lees las instrucciones hasta ___te cansas___ y después tiras el control remoto contra
   la pared? ¡Compra Mandofácil! El control remoto que resuelve tus problemas. (querer,
   querer, cansarse)

5. Tan pronto como ___termine___ este anuncio, (llame) al 913–555–0284. Las primeras
   cien llamadas van a recibir dos noches gratis en un hotel de lujo. (terminar)

6. Cuando Ud. ___maneje___ a casa después de un día de trabajo, ¿normalmente excede
   el límite de velocidad? Compre Bip Bip, su propio busca radares. No espere hasta
   después de ___recibir___ una multa para comprarlo. (manejar, recibir)

ACTIVIDAD 16 Mis sueños

Parte A: Di tres cosas que piensas hacer en un futuro cercano.

→ tener vacaciones

Cuando tenga vacaciones, voy a trabajar como voluntario/a en un hospital.

1. graduarme _Cuando me gradue, voy a trabajar en u_
   hospital.

2. empezar a trabajar _Cuando empieze a trabajar, voy a_
   ahorrar dinero para ir de vacaciones.

3. mudarme a otra ciudad _Cuando me mude a otra ciudad,_
   me voy a casarme.

Parte B: Indica qué piensas hacer en un futuro lejano usando las siguientes ideas.

→ casarme (después de que)

Voy a casarme después de que encuentre un trabajo fijo y que compre casa.

1. tener hijos (cuando) _Cuando tenga hijos, voy a vivir en_
   Canada.

2. seguir estudiando (después de que) _Despues de que seguir estudiando_
   voy a ser un enfermera.

3. trabajar (hasta que) _hasta que trabaje como un RN i voya_
   trabajar como un Phlebotomist.

4. jubilarme (tan pronto como) _Tan pronto como me jubile,_
   voya viajar a muchos lugares.

> **NOTE:** *Use the indicative with reported and habitual actions. Use the subjunctive for pending actions.*

ACTIVIDAD 17 Ahora y el futuro

Parte A: Explica cómo es tu vida universitaria usando las siguientes expresiones de tiempo: **cuando, en cuanto, después de (que), hasta (que), tan pronto como.**

Todos los días yo asisto a clase. Después de…

graduarme, vay a trabajar como un enfmera. Cuando
me jubile, vay a mudar a canada con mi familia.
Despues de mudar a canada, voy a haur una casa
en canada para mi familia (toda) inviyendo mis abuelas,
madrer, hermanos y esposo.

Parte B: Ahora, usando las mismas expresiones de la Parte A, cuenta cómo va a ser tu vida después de que termines la universidad.

Cuando termine mis estudios… después de que… hasta que…

Despues de terminar clase, yo estudio en mi cuarto.
Cuando termino estudiar, toco una siesta, hasta que
tenga que despertarme, miro televisión. Despues de
que mirarla, me duevo. Tan pronto como termine
ducharme, estudio más y hago mi tarea.

ACTIVIDAD 18 Las referencias

Parte A: Lee la siguiente nota que dejó Mariana para su compañero de apartamento y después contesta las preguntas.

Rogelio:

Lo siento pero no **te** pude comprar la linterna que querías. Le dije a Alberto que **te la** comprara, pero él tampoco pudo. Así que mañana, cuando recoja tu ropa de la lavandería, prometo conseguír**tela**. **Les** quería pedir un favor a ti y a
5 Marcos. ¿Podrían hacer**me** un favor? Necesito mandar un paquete que tiene que salir mañana y sé que Uds. trabajan cerca del correo. Es un regalo para mi madre; **se lo** compré hace mucho tiempo, pero tengo que mandár**selo** mañana porque su cumpleaños es el viernes. Dile a Marcos que **le** busqué el artículo que quería, pero que no lo encontré. Voy a intentar buscár**selo** en otra biblioteca.
10   Perdón y gracias,
                                                              Mariana

---

¿A qué, a quién o a quiénes se refieren las siguientes palabras?

1. **te** en la línea 2: _____
2. **te la** en la línea 3: _____ _____
3. conseguír**tela** en la línea 4: _____ _____
4. **Les** en la línea 4: _____
5. **me** en la línea 5: _____
6. **se lo** en la línea 7: _____ _____
7. mandár**selo** en la línea 7: _____ _____
8. **le** en la línea 8: _____
9. buscár**selo** en la línea 9: _____ _____

Parte B: Completa la nota que Rogelio le dejó a Mariana con pronombres de complementos directo e indirecto.

Mariana:

Claro que _____ (1) puedo mandar el paquete a tu madre. ¿Qué _____ (2) compraste?
¿Te acuerdas del brazalete que compré hace un par de meses en Taxco? _____ _____
(3) regalé a mi madre el sábado pasado y le fascinó. _____ (4) dije a Marcos que no
habías encontrado el artículo que quería. Me dijo que ya _____ (5) había encontrado en
Internet, pero de todas formas _____ (6) da las gracias por haberlo buscado. En cuanto
a la linterna que quiero comprar… Mi hermano _____ _____ (7) va a conseguir en una
tienda cerca de donde vive él. _____ (8) veo esta tarde.

Besos,

Rogelio

ACTIVIDAD 19 Preparativos

Contesta las preguntas de Ricardo sobre un viaje de andinismo (*mountain climbing*) que Ana y él
están organizando. Usa pronombres de complementos directo e indirecto cuando sea posible.

Ricardo: ¿Ya compraste los boletos?

Ana: Sí, ya _las compré_.

Ricardo: ¿Y le mandaste el dinero para la reserva a la agencia?

Ana: Sí, ya _se lo mandé_.

¿Tú le pediste los sacos de dormir a Gonzalo?

Ricardo: No, no _se los pedí_.

Ana: ¿Cuándo vas a hacerlo?

Ricardo: _Voy a hacer lo cuando tenga tiempo._ mañana.

Oye, ¿me compraste la navaja suiza que te pedí?

Ana: No, pero voy a ___te la compré_____

el sábado porque es cuando empiezan las rebajas.

Ricardo: Bueno, creo que es todo.

Ana: Hay una cosita más. ¿Te entregaron el pasaporte?

Ricardo: Sí, por fin _me lo entregué_____.

ACTIVIDAD 20 ¡Qué desperdicio!

Parte A: Estás harto/a del abuso del medio ambiente en tu universidad y piensas escribir una carta al periódico universitario para quejarte. Primero, haz una lista de los cuatro abusos que más te molestan.

→ **Todo lo que venden en las cafeterías está envuelto en papel.**

→ **No hay nadie que use las escaleras; siempre usan los ascensores.**

1. _____

_____

2. _____

_____

3. _____

_____

4. _____

_____

Parte B: Ahora, escribe soluciones posibles para los abusos que mencionaste en la Parte A.

1. _____

_____

2. _____

_____

3. _____

_____

4. _____

_____

Parte C: Ahora escribe tu carta, comenzando con la siguiente oración:

Parece que no hay nadie en esta universidad que respete el medio ambiente.

_____

_____

_____

_____

_____

Hablemos de trabajo

ACTIVIDAD 1 El trabajo

Marca la palabra que no pertenece al grupo.

1. despedir, experiencia, desempleado, sin trabajo
2. pasantía, referencias, solicitud, avisos clasificados
3. sueldo, ingresos, aguinaldo, feriado
4. seguros, guardería, empresa, licencia por paternidad
5. sin fines de lucro, carta de recomendación, currículum, solicitar
6. médico, dental, de vida, matrimonio

ACTIVIDAD 2 El empleo

Completa el crucigrama. Recuerda que las palabras no llevan acento en los crucigramas.

Horizontal

2. Le dan esto en el trabajo a una mujer que acaba de tener un bebé.
4. todo el dinero que gana una persona
6. Es cuando un jefe habla con un candidato a un puesto.
10. Completas esto si quieres un trabajo.

11. días de fiesta cuando no se trabaja
12. sin fines de ___
13. la oferta y la ___

Vertical

1. Son prácticas laborales que hacen los jóvenes en el verano.
3. Es tu historia académica y laboral.
5. el ___ dental
7. el pago extra que recibe un empleado
8. el lugar donde cuidan a niños pequeños
9. el ___ mínimo

ACTIVIDAD 3 El empleo

Parte A: Escribe **sí** si estás de acuerdo o **no** si no estás de acuerdo con las siguientes oraciones.

1. _____ En los Estados Unidos, un hombre y una mujer ganan la misma cantidad de dinero si tienen el mismo trabajo.
2. _____ El gobierno debe aumentar el salario mínimo para que los trabajadores puedan vivir con dignidad.
3. _____ Un empleado solo debe recibir aguinaldo si su trabajo es excepcional.
4. _____ En los últimos veinte años, los ingresos han subido más que la inflación. Por eso la clase media goza de un mejor nivel de vida.
5. _____ En un país democrático, tener seguro médico estatal es un derecho de todo ciudadano.
6. _____ Es mejor bajar los sueldos de todos los empleados que despedir a algunos.
7. _____ Si hay que despedir a alguien, esta debe ser la última persona empleada.
8. _____ En países como España se valora el tiempo libre. Esto se ve en la cantidad de días feriados (15) y vacaciones (30) que tienen.

Parte B: Reacciona a una de las oraciones de la Parte A, diciendo por qué estás o no estás de acuerdo.

_____
_____
_____
_____
_____
_____
_____
_____

> **NOTE:** *If you already have a summer job or do not plan on working this summer, do* **Actividad 4** *as if you were searching for a job.*

ACTIVIDAD 4 En busca de empleo

Parte A: Contesta estas preguntas con oraciones completas.

1. ¿Qué trabajo buscas para este verano? _____

    _____

2. ¿Quieres trabajar a tiempo parcial o completo? _____

    _____

3. ¿Cuánto te gustaría ganar al mes? _____

    _____

4. ¿Quieres tener algunos beneficios laborales? ¿Cuáles? _____

    _____

5. ¿Va a ser fácil encontrar el trabajo que quieres o va a ser difícil? _____

    _____

6. ¿Hay más oferta que demanda de personas en estos puestos? _____

    _____

7. ¿Cómo vas a buscar el trabajo? ¿A través de amigos? ¿En Internet? ¿En la oficina de empleo
    de tu universidad? _____

    _____

Parte B: ¿Cuáles de estas cosas has hecho ya y cuáles tienes que hacer todavía para conseguir un
trabajo para este verano? Contesta con oraciones completas.

1. escribir un currículum

    _____

2. pedir por lo menos tres cartas de referencia

    _____

3. completar solicitudes

    _____

4. tener entrevistas

    _____

ACTIVIDAD 5 Los beneficios

Parte A: Numera los siguientes beneficios laborales del más importante (1) al menos importante
(9) para un/a empleado/a.

_____ recibir aguinaldo   _____ tener licencia por matrimonio

_____ tener guardería en el trabajo   _____ tener seguro de vida

_____ tener libres los días feriados   _____ tener seguro dental

_____ tener licencia por enfermedad   _____ tener seguro médico

_____ tener licencia por maternidad

Parte B: Ahora, explica por qué seleccionaste el 1 y el 2 como los dos beneficios más importantes y el 8 y el 9 como los dos menos importantes.

_____

_____

_____

_____

_____

_____

ACTIVIDAD 6 El español y el empleo

Termina estas oraciones que dijeron diferentes profesionales sobre la importancia de aprender español. Usa el infinitivo o el presente del subjuntivo de los verbos que se presentan.

1. **Una periodista deportiva**

   "Estudio español para que mis jefes me _____ a entrevistar a deportistas de habla española, especialmente a jugadores de béisbol y para _____ a la República Dominicana para _____ un artículo sobre la liga de ese país. Quiero poder entrevistar al próximo David Ortiz o Pedro Martínez antes de que _____ famoso". (mandar, ir, escribir, ser)

2. **Una doctora**

   "Estudio español en caso de que el hospital donde trabajo _____ a pacientes que no hablen inglés, pero también para _____ artículos de publicaciones de otros países". (admitir, leer)

3. **Un músico**

   "Antes de _____, quiero sacar un álbum en Latinoamérica. Y por eso, a menos que millones de personas _____ aprender inglés, más vale que yo aprenda su idioma. Y voy a sacar el álbum siempre y cuando mi pronunciación _____ buena porque no hay nada peor que un cantante con acento". (morirse, decidir, ser)

ACTIVIDAD 7 La búsqueda de trabajo

Muchos estudiantes universitarios empiezan a buscar trabajo antes de terminar sus estudios. Termina estas oraciones que se podrían oír entre los universitarios usando el infinitivo o el presente del subjuntivo.

Me van a ofrecer un trabajo…

1. para _____ ayudante personal de un jefe. (ser)

2. antes de que yo _____ título universitario. (tener)

3. para que yo _____ tener experiencia trabajando en el extranjero. (poder)

4. siempre y cuando _____ todas mis asignaturas. (aprobar)

5. sin _____ en persona. (entrevistarme)

Voy a aceptar el trabajo…

6. a menos que ellos no _____ el pasaje. (pagarme)

7. para _____ más experiencia. (tener)

8. con tal de que la empresa _____ un lugar para vivir. (darme)

9. sin _____ un sueldo alto. (tener)

10. a menos que yo _____ otra oferta mejor. (recibir)

11. siempre y cuando ellos _____ seguro médico. (incluir)

ACTIVIDAD 8 Las reglas

En cada trabajo hay reglas. Forma oraciones sobre las reglas que existen usando el infinitivo o el presente del subjuntivo. ¡OJO! A veces se necesita agregar un segundo sujeto.

1. Los camareros se lavan las manos para que _____

   _____

2. Los periodistas pueden revelar quiénes son sus fuentes de información (*informants*) siempre y cuando _____

   _____

3. Los empleados de oficina no pueden faltar al trabajo por enfermedad más de tres días seguidos sin que _____

   _____

4. Los psicólogos no deben hablar de los problemas de sus pacientes sin _____

   _____

ACTIVIDAD 9 La crianza

Contesta estas preguntas sobre la crianza de los niños. (Si ya tienes hijos, escribe sobre tus futuros nietos.) Incorpora en tus respuestas las conjunciones que aparecen entre paréntesis.

Si algún día tienes hijos, …

1. ¿vas a regalarles juguetes bélicos? (para que) _____

   _____

2. ¿les vas a dar información sobre enfermedades como el SIDA (*AIDS*)? (a menos que)

   _____

3. ¿piensas darles educación religiosa? (para que) _____

_____

4. ¿vas a mandarlos a una escuela pública o privada? (a menos que) _____

_____

5. ¿quieres que trabajen mientras estudian en la escuela secundaria? (con tal de que) _____

_____

ACTIVIDAD 10 ¿Qué dijo?

Escribe esta conversación en el pasado usando el estilo indirecto (*reported speech*).

> *Ana:* ¿Piensas ir al cine el sábado?
>
> *Marcos:* No sé, ¿por qué?
>
> *Ana:* Van a dar una serie de películas con Benicio del Toro.
>
> *Marcos:* Puede ser interesante. ¿Has invitado a Paco?
>
> *Ana:* Lo llamé pero no lo encontré en casa. Le dejé un mensaje y va a llamarme.
>
> *Marcos:* ¡Huy! No va a poder ir. Tiene que trabajar los sábados por la noche.

Ana le preguntó a Marcos si _____ (1) ir al cine el sábado. Él le contestó que

no _____ (2) y le preguntó por qué. Ella le explicó que _____

(3) a dar una serie de películas con Benicio del Toro. Marcos le dijo que _____

(4) ser interesante y le preguntó si _____ (5) a Paco. Ella le respondió que lo

_____ (6) pero que no lo _____ (7) en casa. Añadió que le

_____ (8) un mensaje y que él _____ (9) a llamarla. Marcos

dijo que Paco no _____ (10) a poder ir porque _____ (11) que

trabajar los sábados por la noche.

ACTIVIDAD 11 En la oficina

Juan le cuenta a una compañera de trabajo lo que dijo su jefe usando el estilo indirecto.

Lo que dijo el jefe	**Lo que Juan le dice a su compañera**
1. "No quiero tener más problemas con el sindicato".	Dijo que _____ _____ _____
2. "Sé que hubo problemas en el pasado con algunas personas".	Me comentó que _____ _____ _____

3. "Asistí a un curso de relaciones   Añadió que _____
   públicas y aprendí mucho".   _____

   _____

4. "Todos van a recibir un aumento de   Comentó que _____
   sueldo del 3,8% y voy a invertir dinero   _____
   en programas nuevos de computación".   _____

5. "Pienso ser más comprensivo en el   Explicó que _____
   futuro".   _____

   _____

6. "¿Me ha entendido? ¿Tiene alguna   Me preguntó si _____
   sugerencia"?   _____

   _____

ACTIVIDAD 12 Se busca vendedor/a

Acabas de entrevistar a una mujer para un puesto de vendedora en tu empresa y tienes que escribir un informe sobre la entrevista. Usa **ni… ni, ni siquiera** y **o… o** cuando sea posible.

Requisitos para el puesto	**Experiencia y conocimientos de Victoria Junco**
escribir a máquina 60 palabras por minuto	escribir a máquina 60 palabras por minuto
saber Microsoft©, Excel©, Flash© y PhotoShop©	saber Microsoft© y Excel©
tener tres años de experiencia en una empresa	tener un año de experiencia en la biblioteca de la universidad
hablar francés y alemán	hablar italiano e inglés
saber terminología médica y legal	tener buena presencia y cartas de referencia excelentes

Victoria Junco escribe a máquina 60 palabras por minuto y sabe usar Microsoft© y Excel©, pero no sabe _____

_____
_____
_____
_____
_____
_____
_____
_____
_____
_____
_____
_____

ACTIVIDAD 13 ¿Qué pasa?

El hijo de la familia Gris, que acaba de cumplir dieciocho años, organizó una fiesta. El padre echa un vistazo (*looks around*) para ver qué tal va la fiesta de su hijo y le cuenta a su esposa lo que está pasando. Escribe qué está diciendo el padre. Usa pronombres de complemento directo o el **se** reflexivo o recíproco.

Madre:	¿Qué hacen Ana y Pepe?
Padre:	Ellos _____. (1. mirar)
Madre:	¿Y Raúl?
Padre:	Él _____. (2. mirar)
Madre:	Claro. El pobre está celoso. ¿Y Beto?
Padre:	Ese vanidoso, como siempre _____
	_____. (3. mirar en el espejo / peinar)
Madre:	¿Y Jorge y Laura?
Padre:	Él _____. (4. besar)
Madre:	¡Qué buena pareja! ¿Y llegaron Pablo y Paco?
Padre:	Sí, Pablo acaba de llegar y ellos _____ en este momento. (5. saludar)
Madre:	¿Y qué hacen Enrique, Marta y Luz?
Padre:	Nada en particular, ellos _____. (6. hablar)

ACTIVIDAD 14 La pareja

Piensa en una pareja que conoces bien y contesta estas preguntas.

1. ¿Se besan y se abrazan mucho en público? Si contestas que sí, ¿te molesta o no te importa?
   _____
   _____

2. ¿Tardan horas en despedirse cada noche? _____

3. ¿Se pelean mucho, a veces o nunca? Si contestas mucho o a veces, ¿lo hacen en público? ¿Te molesta o no te importa? _____
   _____

4. ¿Crees que se llevan bien? En tu opinión, ¿deben casarse? ¿Por qué sí o no?
   _____
   _____

ACTIVIDAD 15 La entrevista laboral

Completa esta parte de un email donde le cuentas a un amigo cómo te fue en una entrevista laboral. Usa pronombres de complementos directo o indirecto y pronombres reflexivos o recíprocos.

Primero, el director _____ (1) dio la mano y _____ (2) saludó. _____ (3) miramos el uno al otro por unos segundos para formar una primera impresión. Después _____ (4) sentamos y _____ (5) hizo unas cuantas preguntas sobre mi experiencia laboral; _____ (6) dije que había trabajado para ti y es probable que _____ (7) llame. Cuando _____ (8) hables, quiero que le digas que _____ (9) ayudé con el proyecto en Maracaibo porque eso le va a causar una buena impresión. Más tarde _____ (10) expliqué algunas ideas que tengo sobre cómo mejorar la producción de la compañía. Le mostré un plan de producción y _____ (11) miró con mucho cuidado. Al terminar la entrevista, él llamó a una colega y _____ (12) hablaron en voz baja durante un par de minutos sobre mis capacidades. Al final _____ (13) despedimos y _____ (14) dijo que _____ (15) va a llamar la semana que viene. Creo que puedo trabajar para ese señor. Él y yo _____ (16) vamos a llevar muy bien.

ACTIVIDAD 16 El trabajo ideal

Parte A: Describe en una oración el trabajo de tus sueños. Después, anota tres cosas que nunca has estudiado ni has hecho, pero que te gustaría hacer para estar mejor preparado/a para el empleo de tus sueños.

El trabajo de mis sueños es _____

→ **Nunca he vivido en un país de habla española por un período largo.**

1. _____

_____

2. _____

_____

3. _____

_____

Parte B: Explica tus respuestas de la Parte A. Usa **antes de (que)** y **para** en tus respuestas.

→ **Antes de solicitar un trabajo en el departamento de** *marketing* **de una compañía internacional, quisiera vivir en un país de habla española para poder dominar el idioma y entender la cultura.**

1. _____

_____

_____

2. _____

_____

_____

3. _____

_____

Parte C: Escríbele un email a un/a amigo/a para convencerlo/la de que te acompañe a hacer una de las cosas que mencionaste en la Parte A. Usa frases como **en caso de que, con tal de que, a menos que, sin que** y **para que.**

→ **¿Has pasado mucho tiempo en Suramérica? Pues yo no, pero me gustaría. Te invito a ir conmigo con tal de que me prometas no hablar inglés nunca. Es que quiero…**

_____

_____

_____

_____

_____

_____

_____

_____

_____

_____

_____

_____

Es una obra de arte

CAPÍTULO
9

ACTIVIDAD 1 Definiciones

Marca la letra de la definición que mejor describa cada verbo.

1. _____ apreciar
2. _____ burlarse de algo
3. _____ censurar
4. _____ criticar
5. _____ interpretar
6. _____ simbolizar

a. dar dinero para apoyar una exhibición
b. poder gozar de algo por su belleza o su mensaje
c. representar una cosa con otra
d. buscar un significado a base de observación
e. encontrar tanto aspectos negativos como positivos
f. poner algo en ridículo
g. prohibir

ACTIVIDAD 2 La palabra apropiada

Selecciona la palabra apropiada y escríbela en el espacio en blanco.

1. LeBron James puede ganar mucho dinero al vender su _____.
   (imagen / símbolo)

2. Al mirar el cuadro *Las meninas*, la obra maestra de Velázquez, se puede ver un
   _____ del pintor mismo a la izquierda. (retrato / autorretrato)

3. A mi madre le gustaba mucho la _____ que hacía Siskel en su programa con
   Ebert. Hoy en día ella prefiere leer comentarios de la gente en sitios como
   rottentomatoes.com e imdb.com. (censura / crítica)

4. Por ser un _____ de vanguardia, recibió dinero de la Fundación Juan March.
   Ahora mismo una galería de Soho tiene una exhibición de sus obras. (artista / mensaje)

5. El _____ de Mac es una manzana. (imagen / símbolo)

6. Picasso pintó *Guernica*, su _____, mientras vivía en París. (obra maestra /
   autorretrato)

7. Hoy en día se venden muchas _____ de cuadros de Frida Kahlo.
   (reproducciones / paisajes)

8. Nunca he entendido por completo el arte religioso porque usan muchos_____
   que yo no conozco. (retratos / símbolos)

9. Cuando veo una obra _____ nunca sé qué quiere expresar el artista.
   (abstracta / burla)

> **NOTE:** *Remember that* **arte** *always takes the article* **el** *and is frequently modified by a masculine adjective* (**el arte moderno**), *but that* **artes** *takes the article* **las** *and is modified by a feminine adjective* (**las bellas artes, las artes plásticas**).

ACTIVIDAD 3   La inspiración

Contesta estas preguntas.

1. Se dice que para ser artista uno tiene que sufrir. ¿Estás de acuerdo con esta afirmación?

   _____

   _____

   _____

2. ¿Cuáles son algunas fuentes de inspiración que tienen los artistas?

   _____

   _____

3. ¿Crees que los grandes artistas del pasado hayan tenido habilidad innata? ¿Es posible llegar a ser artista con solo estudiar?

   _____

   _____

   _____

ACTIVIDAD 4   Arte popular

Expresa tu opinión al contestar estas preguntas sobre el arte.

1. Existe un tipo de arte popular que se ve todos los días en el periódico: las tiras cómicas. ¿Cuál es una de las tiras cómicas que más se burla de los políticos?

   _____

   _____

2. A veces los periódicos censuran ciertas tiras cómicas por hacer una sátira demasiado directa y ofensiva. ¿Alguna vez te has ofendido por algo que viste en una tira cómica? Si contestas que sí, explícalo. _____

   _____

   _____

   _____

Si contestas que no, ¿bajo qué circunstancias crees que se debe censurar una tira cómica? _____

_____

_____

3. En muchos anuncios publicitarios, las imágenes ayudan al público a formar ciertas ideas relacionadas con sus productos. Por ejemplo, algunas compañías que venden crema para la cara quieren que creas que has encontrado la fuente de la juventud. Explica algún anuncio que hayas visto y las ideas que fomenta.

_____

_____

_____

4. ¿Crees que los anuncios de cigarrillos y alcohol glorifican la costumbre de fumar y beber? Da ejemplos para apoyar tu opinión.

_____

_____

_____

> **NOTE:** *Form the imperfect subjunctive using the third person plural of the preterit as the base.*

ACTIVIDAD 5 Goya

Completa esta descripción de la vida de Francisco de Goya con el imperfecto del subjuntivo de los verbos que se presentan.

Francisco de Goya nació en Fuendetodos en 1746, pero su familia se mudó a Zaragoza cuando Goya era pequeño porque su padre quería que él _____ (1. recibir) una buena educación. Allí aprendió a leer y a escribir. Después estudió con los jesuitas, y un cura le dijo que _____ (2. desarrollar) su habilidad para dibujar y le sugirió que _____ (3. copiar) los cuadros de Luzán, un pintor local de poca importancia. Muy pronto, asimiló técnicas básicas de pintura y más tarde fue a Madrid y a Italia para aprender otras técnicas y para tener otras fuentes de inspiración.

Como pintor, fue único en su época. En sus *Caprichos*, unos grabados al aguafuerte (*etchings*), obligó al público a que _____ (4. entender), a través de la sátira, cómo era la sociedad. En 1799, llegó a ser el pintor preferido de los Reyes. Él quería que el pueblo _____ (5. ver) a la familia real tal como era, y por eso la pintó con un realismo que no solo mostraba las buenas cualidades de la familia sino también sus defectos. Durante una larga vida de 82 años, Goya pasó por épocas difíciles en la historia española. La invasión napoleónica de principios del siglo XIX lo dejó horrorizado y, como resultado, quiso que sus obras _____ (6. representar) toda la angustia producida por la guerra sin glorificarla de ninguna forma. Para otros pintores anteriores a Goya, era imprescindible que la gente _____ (7. conocer) los triunfos de las guerras, pero Goya esperaba que su público _____ (8. enfrentarse) a la realidad trágica que él veía diariamente.

A los 70 años, Goya empezó una serie de obras sobre la tauromaquia, en la cual nos enseña todos los aspectos de la corrida de toros. Más tarde, pintó los *Cuadros negros*, llamados así por ser el negro el color predominante y por sus temas siniestros. Los pintó en las paredes de su casa, La Quinta del Sordo, llamada así porque Goya se quedó sordo a la edad de 46 años. El mundo conoció estos cuadros cincuenta años después de su muerte. Los pintó durante la última parte de su vida, en la cual vio grandes cambios sociales, y durante la cual probó diferentes estilos de pintura. Así logró mostrar la sociedad de aquel entonces tal como era sin que nadie _____ (9. poder) ver una versión idealizada de la realidad.

ACTIVIDAD 6 Las exigencias

Forma oraciones para decir qué querían o no querían las siguientes personas que tú y tus compañeros hicieran cuando estaban en la escuela secundaria.

1. mis padres prohibirme / que yo consumir drogas

   _____

   _____

2. los entrenadores insistir en / que nuestro equipo de fútbol no tomar alcohol

   _____

   _____

3. la profesora de historia exigirnos / que nosotros entregar los trabajos a tiempo

   _____

   _____

4. mi consejero insistirme en / que yo asistir a la universidad

   _____

   _____

5. mis abuelos querer / que yo aprender a tocar un instrumento musical

   _____

   _____

6. mis amigos querer / que yo no trabajar durante el verano

_____

_____

7. el profesor de matemáticas esperar / que nosotros sacar buenas notas

_____

_____

ACTIVIDAD 7 Oído en una reunión familiar

Estás en una reunión familiar y escuchas las siguientes frases de gente que está a tu alrededor. Complétalas con el presente del subjuntivo o el imperfecto del subjuntivo de los verbos que se presentan.

1. Me alegró que REPSOL® le _____ un puesto de tanta responsabilidad a Ramón. (ofrecer)

2. Nos rogó que le _____ la foto de su hermana de cuando ella tenía cinco años. (dar)

3. Dudo que ella _____ una solución a los problemas que tiene con su marido. (encontrar)

4. Tu madre sintió mucho que tú no _____ ir a casa para Navidad el año pasado. (poder)

5. Les recomendé que _____ a una universidad norteamericana para hacer estudios de posgrado. (asistir)

6. Quiero que tú _____ a los padres de tu novia a comer en casa el sábado. (invitar)

7. Fue una pena que doña Matilde nunca _____ a América para conocer a sus nietos. (viajar)

ACTIVIDAD 8 Miniconversaciones

Completa las siguientes conversaciones que se oyeron en una exhibición de arte. Usa el presente del subjuntivo, el pretérito perfecto del subjuntivo o el imperfecto del subjuntivo.

1. —¿Dónde quiere que _____ esta escultura?
   —Al lado de la ventana. (poner)

2. —Es posible que ya _____ la pintora Vargas.
   —No la veo. (llegar)

3. —No entiendo el arte moderno. ¿Qué expresa este cuadro?
   —¿Ves esta imagen? Pues, el artista quería que nosotros _____ cuenta de lo inhumano que puede ser el mundo. (darse)

4. —Esperaba que la galería _____ obras de artes plásticas.
   —Yo también. Es una lástima que no lo _____. (incluir, hacer)

5. —¿Quiere Ud. que le _____ un poco de champaña?

   —Sí, por favor.

   —Aquí la tiene. (servir)

6. —¿Por qué pintó al gato de color verde?

   —Para que la gente _____ la esperanza que tenía el hombre. (ver)

ACTIVIDAD 9 Las malas influencias

Los años de la adolescencia no son fáciles. Di tres cosas que tus amigos te pidieron que tú hicieras, pero que te negaste a hacer por ser ilegales, malas o simplemente por ir en contra de tus valores personales.

1. Un día en el colegio un amigo me pidió que yo _____

   _____

2. Una vez mis amigos insistieron en que yo _____

   _____

3. Una noche mis amigos me rogaron que yo _____

   _____

ACTIVIDAD 10 Busqué...

Para cada situación, escoge la opción más importante para ti al buscar universidad y luego completa la oración.

1. ofrecer un buen programa de ciencias / ofrecer un buen programa de humanidades

   Busqué una universidad que _____.

2. tener una reputación académica buena / tener residencias estudiantiles bonitas

   Busqué una universidad que _____.

3. ofrecerme una beca / darme un trabajo

   Busqué una universidad que _____.

4. tener una filosofía liberal / tener una filosofía conservadora

   Busqué una universidad que _____.

5. haber una vida extracurricular amplia / haber un buen programa deportivo

   Busqué una universidad donde _____.

6. ser grande / ser pequeña

   Busqué una universidad que _____.

7. estar cerca de la casa de mis padres / estar lejos de la casa de mis padres

   Busqué una universidad que _____.

ACTIVIDAD 11 Siempre hay cambios

En los últimos cincuenta años, el mundo ha pasado por muchos cambios, no solo tecnológicos sino también sociales. Termina estas oraciones sobre los efectos de estos cambios.

1. Cuando se casó mi abuela, ella quería que su esposo _____

   _____

2. Cuando las mujeres de mi generación se casan, ellas quieren que su esposo _____

   _____

3. Cuando se casó mi abuelo, él esperaba que su esposa _____

   _____

4. Cuando los hombres de mi generación se casan, ellos esperan que su esposa _____

   _____

5. Cuando mis padres eran pequeños, mis abuelos querían que ellos _____

   _____

6. Los padres de hoy en día quieren que sus hijos _____

   _____

NOTE: In Google® Images, you should search *Francisco de Goya Hasta la muerte.*

ACTIVIDAD 12 Un grabado

Contesta las preguntas sobre el grabado al aguafuerte que se llama *Hasta la muerte*, de Francisco de Goya. Haz una búsqueda en Imágenes de Google® para ver el grabado. El grabado pertenece a *Los caprichos*. La mujer se mira en un espejo para arreglarse porque hoy cumple 75 años y espera la visita de unas amigas jóvenes.

1. ¿Cuántas personas hay en el grabado y qué hacen?

   _____

   _____

2. Describe físicamente al personaje principal. Incluye detalles.

   _____

   _____

3. Según el contenido y el título, ¿en qué quería Goya que pensáramos al ver este grabado?

   _____

   _____

   _____

4. ¿Crees que las mujeres sean vanidosas (*vain*) en cuanto a su apariencia física? Justifica tu respuesta.

_____

_____

_____

5. ¿Crees que los hombres sean vanidosos en cuanto a su apariencia física? Justifica tu respuesta.

_____

_____

_____

ACTIVIDAD 13 El papel del arte

Termina estas oraciones para mostrar el papel del arte en la sociedad, según diferentes puntos de vista.

→ Muchos artistas querían que su arte / provocar discusión
Muchos artistas querían que su arte provocara discusión.

Muchos artistas querían…

1. que su arte / educar al público

_____

2. que su arte / provocar interés en un tema

_____

3. que su arte / criticar las injusticias sociales

_____

4. que su arte / entretener al público

_____

La Iglesia esperaba…

5. que el arte / inspirar la creencia en lo divino

_____

6. que el arte / transmitir valores morales

_____

7. que el arte / mostrar el camino al cielo

_____

8. que el arte / llevarles la palabra de Dios a los analfabetos

_____

Muchos gobiernos insistían en…

9. que el arte / servir de propaganda

_____

10. que el arte / no contradecir su ideología

_____

11. que el arte / glorificar hechos históricos

_____

12. que el arte / inspirar actos de patriotismo

_____

ACTIVIDAD 14 El papel del arte

En la Actividad 13, formaste oraciones sobre lo que querían los artistas, la Iglesia y los gobiernos. En tu opinión, ¿cuál es el papel más importante del arte en la sociedad?

Creo que el papel del arte en la sociedad es principalmente _____

_____

_____

_____

_____

ACTIVIDAD 15 Obras importantes

Cambia las siguientes oraciones de la voz activa a la voz pasiva.

→ Santiago Calatrava diseñó la terminal de transporte público del World Trade Center en Nueva York.

La terminal de transporte público del World Trade Center en Nueva York fue diseñada por Santiago Calatrava.

1. Velázquez pintó el cuadro _Las meninas._

_____

2. Miguel Ángel esculpió _La piedad._

_____

3. Antonio Gaudí creó las esculturas del Parque Güell en Barcelona.

_____

4. Juan O'Gorman hizo el mosaico gigantesco de la biblioteca de la Universidad Nacional Autónoma de México.

_____

_____

5. Los grandes museos como el MoMA y el Hirshhorn descubrieron el talento de Carmen Herrera cuando la artista tenía más de 90 años.

_____

6. Frank Gehry diseñó el Museo Guggenheim de Bilbao.

_____

7. Nelson Rockefeller cubrió el mural de Diego Rivera en el Centro Rockefeller en Nueva York porque tenía la imagen de Lenin.

_____

_____

_____

ACTIVIDAD 16 Opiniones

Termina estas oraciones con el **se pasivo** de los verbos indicados.

1. Con frecuencia _____ las obras de arte que tienen mensajes políticos. (criticar)
2. El mes que viene, _____ las pinturas de Elena Climent en una galería de Nueva York. (exhibir)
3. Muchas veces _____ el arte cuando suben los fascistas al poder. (censurar)
4. En el cuadro, _____ esta figura de muchas maneras diferentes. (poder interpretar)

NOTA: _Elena Climent es una artista mexicana que vive en Nueva York. Para ver sus obras y aprender más, visita su sitio web: elenacliment.com._

ACTIVIDAD 17 Climent

Termina este email que le escribió Fernando a su amiga Carolina sobre una exhibición de arte que vio. Completa los espacios con la forma apropiada del verbo indicado. ¡Ojo! Muchos son infinitivos.

Querida Carolina:

Al _____ (1. entrar) en la galería, me quedé boquiabierto cuando vi la exhibición de Elena Climent. ¡Qué talento! Me encantó _____ (2. ver) esas pinturas tan realistas que parecían fotografías. No sé cómo las _____ (3. hacer) la artista. Debe _____ (4. trabajar) con fotografías. Puedo _____ (5. imaginar) su estudio: todo lleno de pequeñas escenas en que se mezclan cosas típicas de la vida diaria como latas, cartones, libros, una cuchara… cosas que la gente _____ (6. usar) todos los días. Y claro, supongo que ella tiene muchas fotos de diferentes escenas, como un rincón de la cocina de una casa, una mesita enfrente de una ventana, etc., para luego poder pintarlas. Es que con un arte tan realista, es imposible _____ (7. pensar) que Climent no _____ (8. pintar) a base de fotos. Debe _____ (9. tener) algún modelo y en obras como las suyas, es imprescindible _____ (10. trabajar) con fotos.

No hay que _____ (11. ser) mexicano para _____ (12. apreciar) sus obras, pero es cierto que sí _____ (13. reflejar) la cultura mexicana de una época determinada. Al ver esa exhibición me dieron ganas de ir a México. Ahora quiero _____ (14. ver) más obras de artistas mexicanos y quiero que tú me _____ (15. acompañar). ¿Quieres _____ (16. ir) a México?

ACTIVIDAD 18 Miniconversaciones

Completa estas conversaciones con las siguientes frases. No repitas ninguna frase.

por casualidad	por el otro	por si acaso
por cierto	por lo general	por un lado
por ejemplo	por lo menos	

1. —_____, el gobierno quiere que nosotros lo apoyemos en todo lo que hace.

   —Sí, pero _____, quiere acabar con todos los programas sociales.

2. —Vi a Fernando hoy.

   —¿Tenías cita con él?

   —¡Qué va! Lo encontré _____. No esperaba verlo.

3. —Debes llevar un paraguas.

   —¿Por qué? No parece que vaya a llover.

   —A mí me parece que sí. Llévalo _____.

4. —Cada vuelo que he tomado con esta aerolínea llega tarde.

   —Sí, pero _____ nunca te han perdido las maletas y eso es mejor que

   en otras líneas aéreas.

5. —¿Oíste la última canción que grabó Olga Tañón?

   —Sí, es buenísima. _____, descargué otra de ella anteayer.

   —¿Cuál?

   —"Basta ya".

ACTIVIDAD 19 Exprésate

¿Qué es el arte para ti?

_____

_____

_____

_____

_____

_____

_____

_____

_____

_____

_____

_____

_____

_____

_____

_____

_____

Las relaciones humanas

ACTIVIDAD 1   ¿Cómo será?

Para cada situación, lee cómo era tu vida y la vida de otros estudiantes cuando estabas en la escuela secundaria. Luego completa las oraciones para predecir cómo será la vida de los jóvenes dentro de veinte años.

1. Recuerdo que los chicos llevaban pantalones muy grandes y zapatos de Vans®, pero en el futuro el estudiante típico _____ ropa desechable. (llevar)

2. Yo veía películas de Netflix® en casa y tenía más o menos 250 canales de televisión, pero en el futuro estoy seguro que los estudiantes _____ ver películas con una calidad de imagen mil veces superior y _____ miles de canales de todo el mundo. (poder, tener)

3. Antes los carros usaban gasolina y había gasolineras, pero dentro de veinte años no _____ las gasolineras pues los carros no _____ gasolina. (existir, usar)

4. Nosotros tardábamos seis horas en viajar de Nueva York a París, pero dentro de veinte años _____ vuelos de dos horas para hacer el mismo viaje. (haber)

5. Antes pagábamos en las tiendas con dinero o tarjetas de crédito, pero dentro de veinte años _____ común poner un código personal en una máquina para pagar algo. (ser)

6. Usábamos llave para entrar en las casas, pero en el futuro una máquina _____ la huella digital del dedo índice para abrir las puertas. (reconocer)

ACTIVIDAD 2   Promesas de Año Nuevo

Escribe las promesas que hicieron estas personas para el Año Nuevo.

→ Ana: usar más el transporte público
Ana usará más el transporte público.

1. Juan: no comer comidas de muchas calorías

_____

2. Paulina: encontrar trabajo

_____

3. Julián: dejar de fumar

_____

4. José Manuel: irse de la casa de los padres y buscar apartamento

_____

5. Josefina: mejorar su vida social y hacer nuevos amigos

_____

6. Jorge: decir siempre la verdad

_____

7. Marta: ir más al teatro

_____

8. Angelita: comer menos en restaurantes y así poder ahorrar más dinero

_____

ACTIVIDAD 3 Tu futuro

Parte A: Marca si estas actividades formarán parte de tu futuro o no.

		Sí	No	Es posible
1.	trabajar en algo relacionado con la educación	❐	❐	❐
2.	vivir en otro país durante un período largo	❐	❐	❐
3.	hacer estudios de posgrado	❐	❐	❐
4.	tener hijos	❐	❐	❐
5.	participar en campañas políticas	❐	❐	❐
6.	dedicar parte de tu tiempo a hacer trabajo voluntario	❐	❐	❐

Parte B: Ahora, basándote en tus respuestas de la Parte A, escribe oraciones sobre tu futuro.

→ **(No) Trabajaré en algo relacionado con la educación. / Es posible que trabaje en algo relacionado con la educación.**

1. _____
2. _____
3. _____
4. _____
5. _____
6. _____

NOTE: **padres** = *parents;* **parientes** = *relatives*

ACTIVIDAD 4 El ADN

Parte A: Piensa en los parientes de un/a buen/a amigo/a y marca las características que los describen.

❐ ser calvos	❐ ser gordos	❐ tener vista perfecta
❐ tener pelo canoso	❐ ser delgados	❐ llevar gafas
❐ ser activos	❐ ser musculosos	❐ no tener arrugas
❐ ser sendentarios	❐ ser débiles	❐ tener arrugas

Parte B: Ahora, predice cómo será tu amigo/a en el futuro.

_____

_____

_____

_____

_____

ACTIVIDAD 5 Miniconversaciones

Completa las siguientes conversaciones con el condicional de los verbos que se presentan.

1. —Imagina que puedes pedir cualquier deseo que quieras. ¿Qué _____? (pedir)
   —No tengo idea.

2. —Mira a esa señora. Está metiendo un sándwich en el bolso. Voy a decirle al vendedor.
   —Yo no le _____ nada. Pobre mujer. Debe tener hambre y no debe tener
   dinero. Nosotros le _____ comprar el sándwich, ¿no? (decir, poder)

3. —Claudio y yo nunca _____ un crucero. No nos gustan para nada. (hacer)
   —En cambio, a mí me encantan los cruceros. El año pasado hicimos uno por el Caribe.
   Paramos en San Juan, La Romana, Aruba y Martinica.

4. —¿Viste que despidieron a Carlos?
   —Pobre hombre. Él y su esposa no tienen ni un peso y tienen tres hijos que mantener. Yo
   creo que en su situación _____ muy desesperado. (estar)

5. —¿Te parece que le diga a Marcos que su comentario fue ofensivo?
   —Yo que tú no le _____ atención a los comentarios que hace. (poner)

6. —¡Qué casa tan bella!
   —Es fantástica. Imagínate esa casa en Barcelona, ¿cuánto _____? (valer)

7. —Paula, ¿qué te _____ para tu cumpleaños? (gustar)
   —Bueno, mamá, ya que me lo preguntas… _____ un viaje a Guatemala.
   (querer)

ACTIVIDAD 6 ¿Qué harían?

Lee las siguientes situaciones y escribe qué harían Carmen y Sara.

1. Saca una mala nota en un examen y piensa que el profesor se equivocó.
   Carmen: ir a ver al jefe de la facultad y quejarse

   _____

   Sara: aceptar la nota y no hacer nada

   _____

2. Encuentra en la calle una billetera que contiene dinero, tarjetas de crédito y fotos personales.

   Carmen: sacar el dinero y dejarla allí

   _____

   Sara: tomar el dinero, pero llamar a la persona que la perdió para devolverle el resto del contenido

   _____

3. Tiene que cuidar al gato de un amigo, pero tiene un pequeño accidente: al sacar el carro del garaje, mata al gato.

   Carmen: comprar un gato casi igual y no decirle nada

   _____

   Sara: decirle que otra persona lo mató

   _____

ACTIVIDAD 7 Yo que tú

Un amigo te pide ayuda. Dile qué harías en su lugar. Empieza cada oración con **Yo que tú** + *condicional*.

1. Creo que mi jefa quiere tener relaciones amorosas conmigo.

   _____

   _____

2. Mi prima que tiene 15 años quiere hacerse un tatuaje con el nombre del novio.

   _____

   _____

3. Mi hermana quiere vivir con el novio y no me cae bien ese chico.

   _____

   _____

4. Es posible que yo tenga una úlcera.

   _____

   _____

NOTE: *If the independent clause contains the conditional, use the imperfect subjunctive in the dependent clause.*

ACTIVIDAD 8 Un poco de cortesía

Tu primo es muy descortés. Cambia lo que dice por una forma más cortés. Usa el condicional y frases como **me podrías, querría que, me gustaría que**.

	Directo y a veces descortés		Cortés
1.	Hazme un sándwich.	1.	¿Me podrías _____ _____?
2.	Quiero que me des 1.000 pesos.	2.	Querría que _____ _____.
3.	Cambia de canal.	3.	Me gustaría que _____ _____.
4.	¿Dónde está mi chaqueta?	4.	¿Me podrías _____ _____?

ACTIVIDAD 9 ¿Qué hora será?

Parte A: Primero lee lo que está haciendo la gente en diferentes ciudades del mundo. Luego usa el futuro de probabilidad y las horas que se presentan para especular qué hora es en cada lugar.

→ En Santiago de Chile la gente está trabajando.
Serán las 5 de la tarde.

4 a. m.	7 a. m.	1 p. m.	5 p. m.	10 p. m.

1. En Madrid la gente está terminando de cenar.

_____

2. En Hong Kong la gente está durmiendo.

_____

3. En Sydney la gente está desayunando.

_____

4. En Buenos Aires la gente está tomando el té como se toma en Inglaterra.

_____

5. En San Francisco la gente está empezando a almorzar.

_____

Parte B: Ahora escribe qué otras cosas estará haciendo la gente de esos lugares en este momento. Usa el futuro de probabilidad y las siguientes acciones para especular sobre el presente. No repitas ninguna acción.

beber jugo de naranja comer una porción de pastel	hacer la sobremesa soñar	tomar la sopa

1. En Madrid la gente también _____.
2. En Hong Kong la gente _____.
3. En Sydney la gente _____.
4. En Buenos Aires la gente _____.
5. En San Francisco la gente _____.

ACTIVIDAD 10 ¿Dónde y qué?

Escribe dónde piensas que estarán y qué piensas que harán las siguientes personas en este momento. Usa el futuro de probabilidad para especular sobre el presente.

1. tu profesor/a de español _____

_____

2. tu madre _____

_____

3. tu mejor amigo _____

_____

4. tu mejor amiga _____

_____

ACTIVIDAD 11 Usa la lógica

Lee la siguiente historia sobre dos chicos que viven en Chicago. Luego intenta deducir a qué hora hizo el adolescente las actividades que están en negrita. Usa frases como **sería/n la/s… cuando…**

Era pleno invierno y Javier **se despertó** justo cuando salía el sol y se levantó rápidamente para no llegar tarde a la escuela. En la escuela pasó un día como cualquier otro excepto que para el almuerzo **tuvo que almorzar** con un profesor por tirar papeles en clase. Por la tarde, asistió a clase y se portó como un ángel. Al **salir** de la escuela, se fue a la casa de su amigo Joe. Al caer el sol, los muchachos fueron a una tienda a comprar unas camisetas y volvieron a casa de Joe. A la hora de la cena, Javier **regresó** a casa y luego escuchó música en su cuarto hasta que su madre terminó de ver el noticiero vespertino (*nightly*) por televisión y le dijo que **apagara la luz**.

1. despertarse _____
2. tener que almorzar _____

_____

3. salir _____
4. regresar _____
5. apagar la luz _____

_____

ACTIVIDAD 12 Un crucigrama

Completa este crucigrama sobre las relaciones humanas. Recuerda que en los crucigramas, las palabras no llevan acento.

Horizontal

1. creer en la palabra de otra persona
3. Un adolescente que no les hace caso a sus padres se dice que es ____.
4. un hombre que hace todo lo que le dice su pareja sin cuestionarlo
5. cuando un joven puede mantenerse solo económicamente
9. Cuando dos personas no pueden entenderse, se dice que hay falta de ____.
10. Dar de comer, vestir y educar a los hijos es la ____.
13. cuando a un niño se le da todo lo que quiere

Vertical

1. Cuando una persona no le es fiel a otra, se dice que le pone los ____.
2. Lo contrario de moral es ____.
6. la acción de interferir en la vida de alguien
7. cuando dos personas viven juntas
8. la sociedad donde la persona que toma decisiones es la mujer
11. lugar donde vive la gente mayor que no puede vivir sola
12. una mujer que cuida niños

Lee el siguiente párrafo sobre la educación de los hijos y complétalo con la forma apropiada de las palabras que se presentan.

autosuficiente	ejercer	malcriar
confiar	entrometerse	rebelarse
convivir	inculcar	sumiso
crianza	independizarse	vínculo

La educación y la _____ (1) de los hijos es una de las tareas más difíciles que tienen los padres hoy en día. No es fácil _____ (2) valores morales en un mundo con tantos conflictos. También debido a que muchos padres están muy ocupados con su trabajo y pasan poco tiempo con sus hijos, se sienten culpables y tienen dificultad en ponerles límites. Lo que ocurre con frecuencia es que los padres los _____ (3) dándoles todo lo que los hijos piden. Pero es necesario para todo padre _____ (4) la autoridad y enseñarles que hay límites para que ellos aprendan a ser adultos capaces de _____ (5) con otras personas en este mundo. Sin embargo, hay que establecer límites con moderación; si no, como consecuencia, los hijos serán personas muy _____ (6) que no cuestionarán nada o, por el contrario, tal vez _____ (7) y no acepten nunca ningún tipo de crítica. Hay que tener mucha cautela con los adolescentes, ya que necesitan sentirse independientes hasta cierto punto y es por eso que los padres no deben _____ (8) en ciertos aspectos de la vida de sus hijos. Ellos necesitan _____ (9) en que sus padres aceptarán que hay ciertas cosas que van a ser privadas. El _____ (10) que un padre o una madre establezca con su hijo en la infancia y en la adolescencia será fundamental para formar un individuo sano y feliz que al momento de _____ (11) pueda ser _____ (12), es decir, no depender de sus padres.

Contesta las siguientes preguntas para expresar tu opinión.

1. ¿Quién o qué instituciones deben asumir la responsabilidad de criar a los niños en una sociedad? _____

_____

_____

2. Actualmente, ¿cómo malcrían los padres a los hijos? _____
_____

3. En tu opinión, ¿existe falta de comunicación entre las generaciones de hoy? Explica tu
respuesta. _____
_____
_____

4. Los padres deben confiar en sus hijos. ¿Cómo pueden mostrarles los padres a los hijos que
confían en ellos? _____
_____
_____

NOTE: To discuss hypothetical future actions, use: **si** + present indicative,
$\begin{cases} \text{present tense} \\ \textbf{ir a} + \text{infinitive} \\ \text{future tense} \\ \text{command} \end{cases}$

ACTIVIDAD 15 Tus últimos ahorros

Este verano quieres irte de vacaciones a Costa Rica, pero para hacerlo necesitas usar tus últimos
ahorros. Haz una lista de tres pros y tres contras de irte a Costa Rica.

→ **Si voy a Costa Rica, viajaré a un pueblo típico del interior.**

Pro	Contra
1. _____	**1.** _____
_____	_____
2. _____	**2.** _____
_____	_____
3. _____	**3.** _____
_____	_____

NOTE: To hypothesize about the present, use: **si** + imperfect subjunctive, conditional.

ACTIVIDAD 16 $ueño$

Felipe tiene 19 años y siempre sueña con ser millonario. Completa estas oraciones que dijo él con
la forma apropiada del verbo indicado.

1. Si tengo tiempo esta tarde, voy a _____ en un nuevo *reality show* y así _____ la oportunidad de ganar $1.000.000. (participar, tener)

2. Si _____ cantar, me presentaría para el programa *Ídolo americano*. (saber)

3. Como soy muy buen jugador de fútbol americano, si tengo suerte, la NFL me _____ y me _____ un sueldo altísimo. (contratar, ofrecer)

4. Esta tarde pienso comprar un billete de lotería y, si _____, seré millonario. (ganar)

5. Si ganara un millón de dólares, le _____ la mitad a la gente necesitada y con el resto _____ un viaje por todo el mundo. (dar, hacer)

6. Si _____ mejores notas, estudiaría medicina porque los médicos ganan mucho dinero. (sacar)

7. Si _____ imaginación, inventaría una cosa superútil y simple como los Post-its® y me _____ millonario. (tener, hacer)

8. Si _____ más guapo, iría a Hollywood para ser actor. (ser)

9. Si yo no _____ todo el día pensando en cómo hacerme rico, si _____ más y si _____ buen estudiante, tendría en el futuro un buen trabajo con un buen sueldo. (pasar, trabajar, ser)

ACTIVIDAD 17 La reacción de la familia

Escribe cómo reaccionaría tu familia a las siguientes situaciones.

1. Si yo dejara la universidad, _____

_____

2. Si me casara sin decirles nada, _____

_____

3. Si la policía me detuviera por consumir drogas, _____

_____

4. Si yo fuera a vivir al extranjero un año, _____

_____

5. Si sacara notas sobresalientes este semestre, _____

_____

6. Si les regalara un perro a mis padres, _____

_____

7. Si en una revista saliera una foto mía sin ropa, _____

_____

_____

8. Si llevara a casa a Paris Hilton, "mi mejor amiga de por vida", _____

_____

_____

ACTIVIDAD 18 ¿Qué serías?

Contesta estas preguntas que siempre aparecen en las revistas y justifica tus respuestas.

1. Si fueras un color, ¿qué color serías? _____

    _____

    ¿Por qué? _____

2. Si pudieras ser un animal, ¿qué animal te gustaría ser? _____

    _____

    ¿Por qué? _____

3. Si fueras un instrumento musical, ¿qué instrumento serías? _____

    _____

    ¿Por qué? _____

    _____

ACTIVIDAD 19 Héroes

Parte A: Escribe los nombres de dos personas (vivas) a quienes admiras mucho. Después explica por qué las admiras.

1. Nombre: _____

    _____

    _____

    _____

2. Nombre: _____

    _____

    _____

    _____

Parte B: Ahora, escribe qué harías si tú fueras las personas de la Parte A.

1. _____

    _____

    _____

2. _____

    _____

    _____

Sociedad y justicia

ACTIVIDAD 1 La delincuencia

Selecciona la palabra correcta.

1. Un niño hace algo malo y sus padres le dicen que no puede salir a jugar con sus amigos por tres días. El acto es ____.

    a. un castigo   **b.** una condena

2. Una mujer que se ocupa de que se cumplan las leyes es ____.

    a. una mediadora   **b.** una jueza

3. La persona que vende drogas es ____.

    a. narcotraficante   **b.** drogadicta

4. Una persona que forma parte de un grupo como la Mara Salvatrucha es ____.

    a. un pandillero   **b.** un delincuente

5. Una persona que roba dinero de un banco es ____.

    a. un ladrón   **b.** un ratero

6. El acto de llevarse a una persona por la fuerza y pedirle dinero a su familia para devolverla es ____.

    a. una condena   **b.** un secuestro

7. Los robos, las violaciones, el narcotráfico y los homicidios son ____.

    a. delitos   **b.** presos

ACTIVIDAD 2 El periódico

Lee las siguientes oraciones de artículos de periódicos e indica de qué se trata cada artículo.

un secuestro	la cadena perpetua	los rateros
la legalización	un asesinato	el terrorismo
la drogadicción	las pandillas	la libertad condicional

1. Ayer la policía detuvo a Jorge Vega por matar violentamente a Alicia Ferrer.

    _____

2. Los miembros del jurado decidieron unánimemente que Paulina Guzmán debería pasar el resto de su vida en la cárcel de Carabanchel sin posibilidades de salir.

    _____

3. El hombre llamó diciendo que quería 4.000.000 de pesos por el hijo del juez que había desaparecido la semana pasada.

_____

4. Lamentablemente hay personas que nos pueden robar algo en la calle sin que nos demos cuenta.

_____

5. Ayer a las 7:00 de la tarde explotó un coche bomba delante del edificio de Bellas Artes.

_____

6. Ayer dos grupos de jóvenes, los Sangrientos y los Lobos, se pelearon en el barrio de Polanco y dos resultaron muertos.

_____

7. La droga te llama, te seduce, te envuelve y por fin controla todos los aspectos de tu vida.

_____

8. Después de solo seis meses de condena, Hernán Jacinto, el violador de menores, salió ayer de la cárcel, pero las autoridades aseguran que si se acerca a un niño lo detendrán enseguida.

_____

ACTIVIDAD 3 Las diferencias

Explica las diferencias entre las siguientes palabras.

1. castigo / condena _____

_____

_____

2. homicidio / suicidio _____

_____

_____

3. narcotraficante / drogadicto _____

_____

_____

4. pandillero / delincuente _____

_____

_____

5. ladrón / ratero _____

_____

_____

6. juez / mediador _____

_____

_____

7. tomar rehenes / secuestrar a alguien _____

_____

_____

ACTIVIDAD 4 El futuro

¿Cuáles de las siguientes cosas habrán pasado antes del año 2050?

→ el hombre / colonizar la Luna
El hombre (no) habrá colonizado la Luna.

1. el hombre / llegar a Marte (*Mars*)

_____

2. el dinero tal como lo conocemos hoy / dejar de existir

_____

_____

3. el país / haber eliminar la pena de muerte

_____

4. nosotros / instalar paneles de energía solar en todos los edificios y casas

_____

_____

5. nosotros / dejar de recibir cartas por correo

_____

ACTIVIDAD 5 Tu futuro

Todos tenemos metas (*goals*) personales. ¿Qué cosas habrás hecho tú antes de los siguientes años?

1. Antes del año 2025, _____

_____

2. Antes del año 2030, _____

_____

3. Antes del año 2035, _____

_____

4. Antes del año 2040, _____

_____

ACTIVIDAD 6 Excusas

Los estudiantes siempre tienen muchas excusas cuando hay algo que no pueden hacer. Reescribe las situaciones y las excusas que tuvieron diferentes estudiantes.

→ Juan no entregó los resultados de un experimento. (el perro comérselos)

Juan habría entregado los resultados del experimento, pero el perro se los comió.

1. Paco no fue a clase la semana pasada. (su abuela estar muy enferma)

    _____ ,pero

    _____ .

2. Margarita e Isabel no se presentaron para el examen. (intoxicarse la noche anterior)

    _____ pero

    _____ con algo

    que comieron.

3. Carlos no aprobó el examen. (el profesor hacer preguntas muy difíciles)

    _____ ,pero

    _____ .

4. Olga no entregó el trabajo escrito a tiempo. (la computadora descomponerse)

    _____ ,pero

    _____ .

5. Jorge tenía que ir a la oficina de su profesora a las dos. (un ladrón asaltarlo en la calle y tener que ir a la policía)

    _____ ,pero

    _____

    _____ .

6. Silvina y Martín no hicieron la tarea. (cortarse la luz)

    _____ ,pero

    _____ en el

    edificio donde viven.

7. Paloma no vio la película para la clase de español. (el gato romperle los anteojos)

    _____ ,pero

    _____ .

NOTE: *To hypothesize about the past, use:* **si** + pluperfect subjunctive, conditional perfect.

ACTIVIDAD 7 Si hubiera...

Completa estas oraciones para decir cómo habría sido diferente la vida de algunas personas famosas si no hubieran ocurrido ciertos acontecimientos. Usa los verbos indicados.

1. Si el gobierno estadounidense no _____ _____ la entrada de artistas cubanos a los Estados Unidos durante casi todo el régimen de Castro, Alicia Alonso _____ _____ en el Centro Lincoln. (prohibir, bailar)

2. Si Frida Kahlo no _____ _____ un accidente tan horrendo, algunas de sus pinturas no _____ _____ imágenes tan trágicas. (sufrir, tener)

3. Si Rigoberta Menchú no _____ _____ _____ de Guatemala, _____ _____. (escaparse, morir)

4. Si en 1937 Pablo Picasso _____ _____ en España y no en París, nosotros nunca _____ _____ el cuadro *Guernica* que muestra tanta violencia pues él no lo _____ _____ pintar durante la dictadura de Franco. (estar, ver, poder)

ACTIVIDAD 8 Los remordimientos

Completa los siguientes remordimientos de la madre de un chico que está en la cárcel por vender droga.

→ si / yo sacarlo de esa escuela / él no tener esos amigos

Si yo lo hubiera sacado de esa escuela, él no habría tenido esos amigos.

1. si / yo pasar más tiempo con él / (nosotros) comunicarnos mejor

   _____
   _____

2. si / nosotros comunicarnos mejor / (yo) saber cuáles eran sus problemas

   _____
   _____

3. si / yo saber cuáles eran sus problemas / (yo) pedirle ayuda a un psicólogo

   _____
   _____

4. si / yo pedirle ayuda a un psicólogo / no pasar todo eso

   _____
   _____

ACTIVIDAD 9 Mis remordimientos

Escribe cuatro remordimientos que tienes.

→ **Si no hubiera tenido que jugar en el equipo de fútbol de mi escuela secundaria, habría estudiado en otro país con un programa de intercambio.**

1. _____
   _____

2. _____
   _____

3. _____

_____

4. _____

_____

Contesta estas preguntas sobre tu vida.

1. ¿Tienes hermanos o eres hijo/a único/a?

_____

Si tienes hermanos, ¿cómo habría sido tu vida si hubieras sido hijo/a único/a?

_____

_____

Si no tienes hermanos, ¿cómo habría sido tu vida si hubieras tenido hermanos?

_____

_____

2. ¿Te criaste en un pueblo o en una ciudad? _____

Si te criaste en un pueblo, ¿cómo habría sido tu vida si hubieras crecido en una ciudad?

_____

_____

Si te criaste en una ciudad, ¿cómo habría sido tu vida si hubieras crecido en un pueblo?_____

_____

3. ¿Cómo habría sido tu vida si no hubieras decidido asistir a la universidad?

_____

_____

4. ¿Cómo habría sido tu vida si hubieras tenido padres menos/más estrictos?

_____

_____

Construye oraciones para anuncios publicitarios, usando una frase de cada columna.

→ En el BMW X5 / viajar / como si / ser un rey

En el BMW X5 Ud. viajará como si fuera un rey.

con las zapatillas de tenis Nike®/ correr	ser perlas
Crest®/ dejarle los dientes	estar en Perú
en el restaurante El Inca / cenar	ser un bebé
en el Hotel Paz / dormir plácidamente como si	estar en el Caribe
con el curso Kaplan®/ aprobar su examen	tener alas
en el Club Planeta / escuchar salsa	ser parte de la película
en los cines de IMAX®/ sentirse	saber más que Einstein

1. Nike®:_____

2. Crest®:_____

3. restaurante El Inca: _____

4. Hotel Paz: _____

5. curso Kaplan®: _____

6. Club Planeta: _____

7. cines IMAX®: _____

ACTIVIDAD 12 Recordando la infancia

Estás en una reunión familiar y varias personas y tú están recordando su infancia. Completa sus ideas sobre las cosas que habrían preferido que hubieran hecho algunos de sus parientes.

1. Yo _____ _____ que mis abuelos paternos me _____ _____ a su casa con más frecuencia. (preferir, invitar)

2. Marta y su hermana _____ _____ que sus padres no _____ _____ _____ tanto, especialmente delante de ellas. (querer, pelearse)

3. A Juan le _____ _____ que sus padres lo _____ _____ a Disneylandia. (fascinar, llevar)

4. A la hermana de mi novio le _____ _____ que su hermano no le _____ _____ todas las muñecas cuando era niña. (gustar, romper)

5. Yo _____ _____ que mi abuela materna no _____ _____ _____ tan joven. (desear, morirse)

6. Carolina _____ _____ que su hermano mayor no le _____ _____ la verdad sobre Santa Claus cuando ella tenía cinco años. (preferir, decir)

7. Mis primos y yo _____ _____ que nuestros padres _____ _____ _____ bien para así vernos con más frecuencia. (querer, llevarse)

ACTIVIDAD 13 Los deseos

Parte A: Muchos padres habrían querido que sus hijos hubieran hecho cosas diferentes cuando eran adolescentes. Marca las cosas que tus padres habrían querido que hubieras hecho tú.

☐ pasar más tiempo con la familia

☐ prestar más atención a los estudios

☐ vestirte con ropa más tradicional

☐ llevarte mejor con tus hermanos/as

☐ compartir sus creencias políticas

☐ mostrar más respeto hacia los adultos

☐ manejar su carro con más cuidado

☐ escoger otra universidad

☐ tener otros amigos

☐ tocar el piano

☐ tomar clases de ballet

☐ no mandar tantos SMS

☐ no practicar deportes peligrosos

☐ ser más responsable

Parte B: Escribe oraciones con la información de la Parte A para decir qué habrían querido o preferido tus padres.

→ **Mis padres habrían querido/preferido que yo hubiera pasado más tiempo con la familia porque siempre salía con mis amigos.**

_____

_____

_____

_____

_____

_____

_____

Parte C: Si tuvieras hijos, ¿les harías las mismas exigencias que te hicieron tus padres? Justifica tu respuesta.

_____

_____

_____

_____

_____

NOTE: _Use the pluperfect subjunctive to refer to a past action that preceded the one expressed in the independent clause; otherwise use the imperfect subjunctive._

ACTIVIDAD 14 La búsqueda

Después de un homicidio, la policía habló con un testigo y obtuvo bastantes datos sobre la asesina. Escribe cómo era la persona que buscaban. Usa el imperfecto del subjuntivo o el pluscuamperfecto del subjuntivo en tus oraciones.

Buscaban una mujer…

1. que / ser pelirroja con pecas

   _____

2. que / tener un tatuaje de una rosa en el brazo derecho

   _____

3. que / pasar dos noches en el Hotel Gran Caribe la semana pasada

    _____

4. que / romperse el brazo derecho al escaparse

    _____

5. que / alquilar un carro de Hertz® con la placa M34456

    _____

6. que / salir de la ciudad ayer

    _____

ACTIVIDAD 15 Delitos y castigo

Termina estas oraciones relacionadas con los delitos, usando **pero**, **sino** o **sino que**. Después marca si estás de acuerdo o no con cada afirmación.

		Sí	No
1.	Para prevenir la delincuencia juvenil, es importante tener castigos severos, _____ es más importante ofrecerles a todos los jóvenes una buena educación para que no cometan actos criminales.	❑	❑
2.	La guerra contra el narcotráfico no empieza en los países productores, _____ en los consumidores.	❑	❑
3.	A un asesino nunca lo deben dejar en libertad condicional, _____ debe pasar la vida entera en la cárcel.	❑	❑
4.	En una democracia se protegen los derechos de los delincuentes, _____ a veces se ignoran los de las víctimas.	❑	❑
5.	Una violación no es un delito de pasión, _____ de violencia.	❑	❑
6.	Por no saber qué hacer con los delincuentes, no los mandan a la cárcel, _____ los ponen en libertad condicional y les dicen que no vuelvan a cometer delitos.	❑	❑
7.	La mariguana tiene muchos usos medicinales, más que nada para los pacientes de quimioterapia, _____ de todos modos, debe seguir siendo una droga ilegal.	❑	❑

Termina estas conversaciones con **adónde, aunque, como, cómo, donde** o **dónde** y la forma apropiada del verbo indicado.

1. —No entiendo al hijo de Carmela. Lo tenía todo: educación, dinero, padres que lo querían…

   —Yo tampoco. Yo no atacaría a esa anciana, _____ _____ muerto de hambre sin un peso en el bolsillo. (estar)

2. —El terrorismo es un problema enorme.

   —Es verdad. Ellos ponen las bombas _____ _____. (querer)

3. —¿_____ _____ el banco? (robar)

   —Lo hicieron exactamente _____ _____. (querer)

   —¿Qué quiere decir con eso?

   —De noche y sin que nadie los viera.

4. —¿Oíste que la hija del vecino salió con un chico que la violó?

   —Claro, esa chica se viste de una manera muy provocativa.

   —Pero, ¿qué dices? _____ _____ _____ de una forma provocativa, "no" significa "no" y punto. Ella puede vestirse _____ _____ y eso no significa nada. (vestirse, querer)

   —Bueno, dejémoslo ahí. ¿_____ _____ tú y yo esta noche? (ir)

   —Con esa actitud, no voy contigo a ninguna parte.

5. —¿_____ _____ _____ mientras buscabas al criminal? (quedarse)

   —Me quedé en un hotel de mala muerte, era horrible … con cucarachas y estaba encima de una disco. Se oía la música a toda hora.

   —¿No había otro?

   —Intenté encontrar un hotel _____ _____ dormir tranquilamente, pero no encontré ninguno. Todos estaban llenos. (poder)

Vas a escribir una redacción sobre las drogas ilegales. Tu redacción debe tener tres párrafos.

- **Párrafo 1:** Explica el papel de las drogas en la sociedad norteamericana.
- **Párrafo 2:** Explica qué tipo de educación te dieron tus padres y/o la escuela sobre las drogas ilegales.
- **Párrafo 3:** Describe cómo habrían podido mejorar ellos tu educación sobre las drogas. Usa frases como **si me hubieran** + *participio pasivo*, **yo habría querido que…** **Habría sido mejor si…**

_____

_____

_____

_____

_____

_____

_____

_____

_____

_____

_____

_____

_____

_____

_____

_____

_____

_____

_____

_____

_____

_____

La comunidad latina en los Estados Unidos

ACTIVIDAD 1 Narración en el pasado

Termina estos párrafos sobre la inmigración y la adaptación a la cultura norteamericana. ¡Ojo!
Algunos de los verbos pueden estar en el presente, pero la mayoría de ellos deben estar en el
pasado del indicativo o del subjuntivo.

A. Yo _____ (1. cumplir) diez años el mismo día que _____ (2. subir)
al poder Castro. Dieciséis años más tarde, _____ (3. sacar) mi título de médico
en pediatría. Pero, _____ (4. saber) que yo no _____ (5. poder)
vivir bajo ese régimen y _____ quería que mis hijos _____
(6. vivir) en una democracia para que _____ (7. conocer) lo que era la
libertad. Por eso, _____ (8. decidir) emigrar a los Estados Unidos. Al
principio, _____ (9. trabajar) durante unos años haciendo camas en un hotel,
pero luego _____ (10. poder) ejercer mi profesión y ahora _____
(11. ser) pediatra en una clínica de Orlando.

B. Mis antepasados _____ (1. llegar) al suroeste de este país hace más o menos
350 años. _____ (2. ser) conquistadores que _____ (3. casarse)
con unas indígenas que _____ (4. vivir) en la zona. Mis bisabuelos
_____ (5. hablar) español, pero mis abuelos solo _____
(6. entender) el idioma. Yo lo _____ (7. aprender) en la escuela y ahora lo
_____ (8. hablar) bien, pero con acento inglés.

C. Desde enero hasta abril de 1977 yo _____ (1. trabajar) en un hospital
en Guatemala y _____ (2. limpiar) las habitaciones de los pacientes.
_____ (3. Pertenecer) a un sindicato de trabajadores, el cual _____
(4. estar) luchando por obtener mejores condiciones de trabajo, mejores beneficios
y sueldos más respetables. Una noche, mientras _____ (5. dormir) en casa,
_____ (6. llegar) unos soldados y _____ (7. detener) a un compañero
con quien vivía. _____ (8. Ser) la última vez que lo _____ (9. ver).
Es probable que lo _____ (10. matar). Dos días después, yo _____
(11. tomar) la difícil decisión de salir del país. _____ (12. Poder) entrar a los
Estados Unidos ilegalmente con la ayuda de una iglesia.

Escribe de dónde emigraron estas personas que llegaron a los Estados Unidos y qué hicieron.

→ Enrico Fermi / Italia / ganar el Premio Nobel de Física

Enrico Fermi emigró de Italia y ganó el Premio Nobel de Física.

1. Irving Berlin / Rusia / componer música

_____

2. Elia Kazan / Turquía / dirigir películas

_____

3. Elizabeth Taylor y Bob Hope / Inglaterra / actuar en películas

_____

4. Celia Cruz / Cuba / cantar rumba, chachachá y salsa

_____

5. Jaime Escalante / Bolivia / ser maestro

_____

6. John Muir / Escocia / fundar el "Sierra Club"

_____

7. Madeleine Albright / la República Checa / servir como Secretaria de Estado

_____

8. Albert Pujols y Pedro Martínez / la República Dominicana / jugar al béisbol

_____

Parte A: Completa este resumen de la inmigración y la presencia de tres grupos hispanos en los Estados Unidos con la forma apropiada del verbo indicado.

Los mexicanos y los mexicoamericanos

En 1848, México _____ (1. perder) una guerra contra los Estados Unidos y, al _____ (2. firmar) el Tratado de Guadalupe Hidalgo, el territorio que hoy _____ (3. componerse) de Texas, Nuevo México, California, Nevada, Utah, la gran mayoría de Colorado y Arizona, y parte de los estados de Wyoming, Oklahoma y Kansas _____ (4. pasar) a formar parte de los Estados Unidos. Los habitantes que _____ (5. vivir) en esa zona _____ (6. ser) descendientes de españoles e indígenas y después de 1848 casi todos _____ (7. convertirse) en ciudadanos estadounidenses.

Al _____ (8. llegar) más y más personas para _____ (9. poblar) el suroeste del país, _____ (10. empezar) a formarse una industria agrícola fuerte, más que nada en California. Esta nueva industria _____ (11. necesitar) mano de obra y, a principios del siglo XX, comenzaron a _____ (12. llegar) inmigrantes mexicanos para _____ (13. trabajar) en el campo y en otras áreas de la nueva economía. Esta inmigración para el sector agrícola _____ (14. ser) constante durante el siglo XX, particularmente cuando _____ (15. haber) una mayor necesidad de mano de obra agrícola durante la Segunda Guerra Mundial.

A partir de los años sesenta, un gran número de mexicoamericanos _____ (16. empezar) a migrar del campo a las ciudades en busca de otras oportunidades de trabajo y educación.

Los cubanos y los cubanoamericanos

Siempre _____ (1. haber) inmigración cubana a los Estados Unidos, pero el gran éxodo _____ (2. empezar) en 1959, cuando Fidel Castro _____ (3. subir) al poder en Cuba. Entre 1959 y 1970, muchos _____ (4. llegar) a los Estados Unidos porque _____ (5. querer) escaparse del régimen comunista de Castro y _____ (6. establecerse) principalmente en Nueva York y Miami. A diferencia de otros grupos migratorios, la gran mayoría de estos cubanos _____ (7. pertenecer) a la clase media o alta, lo cual significa que antes de salir de Cuba, estas personas _____ (8. trabajar) como profesionales y no como obreros sin educación. Sus conocimientos pronto los _____ (9. ayudar) a convertirse en miembros productivos de la sociedad norteamericana.

En 1980, Castro le _____ (10. permitir) la salida a otro grupo grande de cubanos. Además de dejar salir a más de 10.000 personas que _____ (11. tomar) asilo en una embajada, Castro _____ (12. abrir) las cárceles y _____ (13. facilitar) la salida, desde el puerto de Mariel, de delincuentes y gente que _____ (14. padecer) de enfermedades mentales. Obviamente, la llegada de estos inmigrantes a los EE.UU. _____ (15. causar) problemas tan grandes en la comunidad cubana ya establecida que algunos _____ (16. intentar) ayudar a estos nuevos inmigrantes, los llamados "marielitos". En 1994, Castro otra vez _____ (17. volver) a hacer lo mismo cuando _____ (18. dejar) salir a un grupo de cubanos que no _____ (19. querer) que Cuba _____ (20. seguir) bajo el régimen comunista. El gobierno cubano les _____ (21. permitir) que _____ (22. construir) balsas, y por esa razón los llamaron "balseros". La llegada masiva de cubanos le _____ (23. causar) problemas al presidente Clinton, al igual que la llegada de los marielitos le _____ (24. causar) problemas a Carter varios años antes. En las elecciones de 2000 entre Bush y Gore, el caso de Elián González, un niño de cinco años, _____ (25. influenciar) en los resultados de la Florida.

Desde 1959 hasta el presente, los cubanos le _____ (26. cambiar) la cara a Miami, que ahora _____ (27. ser) uno de los centros financieros más importantes del continente americano. En los primeros años de este siglo muchos cubanos _____ (28. esperar) ansiosamente que la situación en Cuba _____ (29. cambiar) para _____ (30. poder) volver a la isla, algunos para _____ (31. vivir) allí y otros solo para _____ (32. visitar) a sus parientes y su tierra natal. Pero, sus hijos _____ (33. nacer) en los Estados Unidos y algunos _____ (34. hablar) el inglés mejor que el español. Muchos _____ (35. casarse) con anglosajones. Sin embargo, pase lo que pase en el futuro, siempre _____ (36. haber) una gran conexión entre los cubanoamericanos y su isla.

Los puertorriqueños

La llamada "inmigración puertorriqueña" _____ (1. diferenciarse) de otras olas de inmigración porque los puertorriqueños ya _____ (2. ser) ciudadanos norteamericanos al _____ (3. llegar) a los Estados Unidos.

En 1898, España _____ (4. perder) la guerra contra los Estados Unidos. Como consecuencia, Puerto Rico _____ (5. convertirse) en territorio estadounidense, y en 1917 los puertorriqueños _____ (6. recibir) la ciudadanía. A mediados del siglo XX, las industrias norteamericanas _____ (7. necesitar) mano de obra mientras que en la isla _____ (8. haber) mucho desempleo. Esto _____ (9. provocar) una migración en masa, principalmente hacia Nueva York y otras ciudades industriales, la cual _____ (10. continuar) hasta hoy.

Parte B: Después de leer la información de la Parte A acerca de tres grupos que emigraron a los Estados Unidos, asocia estos años con los acontecimientos de la segunda columna.

1. _____ 1848
2. _____ 1898
3. _____ 1917
4. _____ 1945
5. _____ 1959
6. _____ 1980

a. Los puertorriqueños recibieron la ciudadanía estadounidense.

b. Fidel Castro formó un gobierno comunista en Cuba y por eso empezaron a salir del país muchos de la élite de la sociedad.

c. México perdió el suroeste de los EE.UU. al perder una guerra.

d. Empezó una ola de inmigración desde el puerto cubano de Mariel en el que había delincuentes y gente con problemas mentales.

e. Los EE.UU. necesitaban gente para trabajar en sus fábricas, y así empezó una inmigración puertorriqueña en masa.

f. España perdió sus últimos territorios en el hemisferio occidental en una guerra contra los EE.UU.

ACTIVIDAD 4 ¿Cuánto aprendiste?

Contesta estas preguntas basadas en la información de la Actividad 3.

1. Si hubieras sido inmigrante mexicano/a en el siglo XX, ¿qué tipo de trabajo habrías tenido al llegar a los Estados Unidos? _____

    _____

    _____

2. Si hubieras sido inmigrante cubano/a en 1961, ¿por qué habrías salido de tu país?

    _____

    _____

    ¿Cómo habría sido tu nivel de vida en Cuba y cómo habría sido al llegar a los Estados Unidos? _____

    _____

    _____

3. Si hubieras sido puertorriqueño/a en 1945, ¿cuáles son dos factores que te habrían motivado a ir a los Estados Unidos? _____

    _____

    _____

    _____

ACTIVIDAD 5 Olas de inmigración

Parte A: Casi todos los ciudadanos norteamericanos tienen antepasados inmigrantes. Cuenta cómo, cuándo y por qué vinieron tus antepasados a este país.

_____

_____

_____

_____

_____

_____

Parte B: Muchos grupos de inmigrantes pasaron o están pasando por una época de discriminación. ¿Sufrieron tus antepasados algún tipo de discriminación al llegar? ¿Por qué sí o no?

_____

_____

_____

_____

_____

_____

ACTIVIDAD 6 La inmigración de hoy

Describe los problemas que existen hoy en día con la inmigración. Escribe sobre los siguientes temas al describir las preocupaciones del pueblo norteamericano: bienestar social (*welfare*), viviendas, delitos, salud, educación y trabajo.

bienestar social (*welfare*)	delitos	educación
viviendas	salud	trabajo

Muchas personas dicen que los inmigrantes les quitan los puestos de trabajo a los ciudadanos del país mientras otras dicen que necesitamos esa mano de obra.

_____

_____

_____

_____

_____

ACTIVIDAD 7 Tu opinión

Parte A: Marca si estás de acuerdo o no con estas oraciones.

	Sí	No
1. Los bebés que nacen en los Estados Unidos de padres extranjeros no deben recibir la ciudadanía estadounidense.	☐	☐
2. El problema de la inmigración ilegal se basa en la oferta y la demanda: los inmigrantes necesitan trabajo y los norteamericanos necesitan mano de obra barata.	☐	☐
3. Los inmigrantes no deben recibir servicios médicos a menos que tengan un problema grave de salud.	☐	☐
4. Los inmigrantes le dan más a la sociedad norteamericana de lo que reciben de ella.	☐	☐
5. Si el hijo de un inmigrante indocumentado desea asistir a una escuela pública en los Estados Unidos, debe pagar la matrícula.	☐	☐
6. Sin el trabajo de los inmigrantes indocumentados, los Estados Unidos sufrirían un colapso total de su economía.	☐	☐
7. El gobierno estadounidense debe facilitar la ciudadanía a las personas que sacan un doctorado en los campos de ciencias, tecnología, ingeniería y matemáticas.	☐	☐

NOTE: *Use the indicative to express certainty and the subjunctive when doubt or denial is implied.*

Parte B: Según tus respuestas de la Parte A, escribe oraciones que empiecen con **(No) Creo que**, **(No) Es verdad que, etc.**, para dar tu opinión. Justifica cada respuesta.

→ **(No) Creo que los bebés... porque...**

1. _____

   _____

   _____

2. _____

   _____

   _____

3. _____

   _____

   _____

4. _____

_____

_____

5. _____

_____

_____

6. _____

_____

_____

ACTIVIDAD 8 Nostalgia

Normalmente, una persona que está en otro país siente nostalgia. Si fueras a estudiar a otro país durante un año, ¿qué aspectos de la cultura norteamericana extrañarías? Termina las siguientes oraciones con la forma apropiada del verbo indicado y con las frases que mejor describan tus sentimientos.

1. Si _____ (estar) en otro país durante un año, _____ (extrañar)

_____ (hacer sándwiches con mantequilla de maní /

comer *brownies*).

2. Si _____ (ser) estudiante en otro país durante un año, _____

(echar de menos) _____ (a mi familia / a mis amigos).

3. Si _____ (estudiar) en otro país durante un año, _____ (sentir)

nostalgia por no _____ (asistir a partidos de fútbol

americano / ir a fiestas de la universidad).

ACTIVIDAD 9 ¿Podría ocurrir?

Contesta estas preguntas.

1. Si tuvieras que emigrar a otro país, ¿a cuál irías y por qué lo escogerías?

_____

_____

_____

_____

2. Nadie quiere dejar su país y a sus parientes pero, ¿bajo qué circunstancias dejarías los Estados Unidos (u otro país, si no eres ciudadano/a de los EE.UU.) para emigrar a otro país?

_____

_____

_____

_____

3. Si pudieras escoger, ¿dónde te gustaría vivir: en un barrio con mucha diversidad racial, étnica y religiosa o en un barrio con más gente como tú? ¿Por qué?

_____

_____

_____

_____

ACTIVIDAD 10 Tu futuro

Parte A: Marca las frases que tal vez formen parte de tu futuro tanto personal como profesional.

❒ poder graduarte de la universidad si apruebas este curso de español

❒ hacer un viaje a un país de habla española

❒ trabajar en una empresa internacional

❒ hacer investigaciones en español para tus estudios de posgrado

❒ tener clientes que hablen español

❒ matricularte en otro curso de español

❒ leer páginas web en español

❒ usar el español para hablar con parientes que no hablen inglés

❒ leer novelas en español

❒ ver películas en español

❒ participar en un programa para estudiar en un país hispano

❒ solicitar un trabajo en un país de habla española

❒ incluir en tu currículum que has estudiado español

❒ vivir cerca de gente que hable español

❒ empezar a estudiar otro idioma

❒ hacer trabajo voluntario en un país de habla española o con gente de habla española en este país

❒ escuchar música de artistas hispanos

❒ decirles a tus hijos que estudien español en el futuro

> **NOTE:** *To talk about the future, you can use* **ir a** + infinitive, the future tense, *or the present subjunctive (***es posible que yo haga un viaje***). When writing, try to include all three to raise the level of your text.*

Parte B: Según lo que acabas de marcar en la Parte A, escribe una redacción corta sobre cómo usarás el español en tu futuro.

_____

_____

_____

_____

_____

_____

_____

_____

_____

_____

_____

_____

_____

_____

_____

_____

Lab Manual

La vida universitaria

PRONUNCIACIÓN

Vowel sounds

In Spanish, there are five basic vowel sounds: **a, e, i, o, u**. In contrast, English has long and short vowels, for example, the long *i* in *site* and the short *i* in *sit*. In addition, English has the schwa sound, *uh,* which is used to pronounce many unstressed vowels. For example, the *o* in the word *police* and the *a* in *woman* are unstressed and are pronounced *uh*. Listen: *police, woman.* In Spanish, there is no corresponding schwa sound, because vowels are usually pronounced in the same way whether they are stressed or not. Listen: **policía, mujer**.

ACTIVIDAD 1 Escucha y repite

Escucha el contraste de los sonidos vocales del inglés y del español y repite las palabras en español.

1. anatomy   **anatomía**
2. calculus   cálculo
3. history   historia
4. theater   teatro
5. accounting   contabilidad
6. music   música

ACTIVIDAD 2 Repite las oraciones

Escucha y repite las siguientes oraciones. Presta atención a la pronunciación de los sonidos vocales.

1. ¡No me digas!
2. ¿Y cómo te va en la facultad?
3. ¿No te gusta la medicina?
4. Tengo materias que no me interesan.
5. Yo no quiero vivir en un pueblo.
6. No vuelvo a cambiar de carrera.

COMPRENSIÓN ORAL

ACTIVIDAD 3 Completa la conversación

Vas a escuchar cinco preguntas. Para cada pregunta, elige una respuesta lógica de la lista. Escribe el número de la pregunta al lado de cada respuesta.

a. _____ 24 años.
b. _____ Igarzábal.
c. _____ En segundo.
d. _____ María.
e. _____ De Texas.
f. _____ Sociología.

ACTIVIDAD 4 Las materias académicas

Parte A: Escucha a cuatro estudiantes universitarios mientras cada uno describe una materia académica. Asígnale el número apropiado, del 1 al 4, a la materia que describe cada uno. No necesitas comprender todas las palabras para hacer esta actividad.

a. _____ biología	d. _____ economía	g. _____ matemáticas
b. _____ computación	e. _____ historia	h. _____ mercadeo
c. _____ contabilidad	f. _____ literatura	i. _____ música

Parte B: Escucha a los estudiantes otra vez e indica qué piensa cada uno sobre la materia que describe.

1. _____
2. _____
3. _____
4. _____

a. No le gusta.
b. Le encanta.
c. Le importa.
d. No le importa.
e. Le gusta.
f. Le interesa.

ACTIVIDAD 5 Cualidades importantes

Parte A: Tres personas van a hablar sobre las cualidades importantes en **una jefa, un juez** (*judge*) y **un político**. Antes de escucharlas, mira la lista de cualidades y piensa en tres cualidades importantes para cada persona.

activo/a	encantador/a	intelectual	sabio/a
brillante	estricto/a	justo/a	sensato/a
capaz	honrado/a	liberal	sensible
creído/a	ingenioso/a	rígido/a	tranquilo/a

Parte B: Ahora escucha a las tres personas y escribe los tres adjetivos que usa cada una usando el femenino o masculino según la persona que se describe. No necesitas comprender todas las palabras para hacer la actividad.

1. jefa **2. juez** **3. político**

_____ _____ _____

_____ _____ _____

_____ _____ _____

ACTIVIDAD 6 Charla en un bar

Jorge y Viviana son dos jóvenes que estudian para ser profesores de literatura. Ahora están en un bar hablando de las materias que él está tomando. Escucha la conversación y completa el horario de clases de Jorge. No te preocupes por entender todas las palabras.

Posibles materias

filosofía   griego
psicología del aprendizaje   psicología infantil
latín   literatura

hora	lunes	martes	miércoles	jueves	viernes
8:15–9:15					
		historia de las civilizaciones modernas		historia de las civilizaciones modernas	
10:45–11:45		metodología de la enseñanza		metodología de la enseñanza	

Mariel y Tomás están en un país hispano hablando del cambio de carrera universitaria que ella quiere hacer. Escucha la conversación y completa la información sobre Mariel. Vas a notar que esta conversación es más rápida que las otras que escuchaste en este capítulo. No te preocupes, no necesitas entender todas las palabras para hacer esta actividad, pero puedes escuchar la conversación todas las veces que necesites.

1. Ahora Mariel estudia _____.

2. Quiere estudiar _____.

3. Muchas de las materias en las dos carreras son _____.

4. Si Mariel cambia de carrera tiene que _____ otra vez.

5. Para ella, el estudio de las materias en los EE.UU. es _____, pero en su país es más profundo.

Este es el final del programa de laboratorio para el Capítulo preliminar.

Nuestras costumbres

PRONUNCIACIÓN

Diphthongs

In Spanish, vowels are classified as weak (**i, u**) or strong (**a, e, o**). A diphthong is a combination of two weak vowels or a strong and a weak vowel. When two weak vowels are combined, the second one takes a slightly greater stress, as in the word **cuidado**. When a strong and a weak vowel are combined in the same syllable, the strong vowel takes a slightly greater stress, for example, **bailar**, **puedo**. Sometimes the weak vowel in a weak-strong or strong-weak combination takes a written accent, and the diphthong disappears, as in **día, Raúl**.

ACTIVIDAD 1 Escucha y repite

Escucha y repite las siguientes oraciones.

1. Se despierta.
2. Se peina.
3. Se afeita.
4. Come en un restaurante.
5. Cuida a los niños.
6. Baila con ellos.
7. Los acuesta.

ACTIVIDAD 2 Escucha y repite

Escucha y repite las siguientes oraciones del podcast de Camila y Lucas.

1. ¡Silencio!
2. De acuerdo, experto.
3. Estamos con el primer podcast de *Bla bla bla* desde Santiago.
4. Pero ahora que lo pienso, tú… no tienes personalidad.
5. Soy simpática, comprensiva, inteligente, ingeniosa…

ACTIVIDAD 3 ¿Hay diptongo?

Escucha las palabras y marca la combinación correcta de letras y acentos.

	Hay diptongo	No hay diptongo
1.	ia	ía
2.	ue	úe
3.	io	ío
4.	au	aú
5.	io	ío
6.	ie	íe

COMPRENSIÓN ORAL

ACTIVIDAD 4 ¿De qué hablan?

Escucha las siguientes conversaciones y numera de qué hablan en cada caso. Lee las ideas antes de escuchar las conversaciones.

_____ comprarle a un revendedor
_____ dejar plantado a alguien
_____ ir a dar una vuelta
_____ ir detrás del escenario
_____ pedir algo de tomar
_____ quedar en una hora
_____ sacar a bailar a alguien
_____ tener un contratiempo

ACTIVIDAD 5 ¿Vida saludable?

Dos personas van a llamar a un programa de radio para contar si tienen una vida saludable o no. Primero lee la lista que se presenta y luego escucha y marca únicamente las cosas que hacen estas personas. No necesitas comprender todas las palabras.

		Llamada no. 1	Llamada no. 2
1.	no comer verduras	☐	☐
2.	comer frutas y verduras	☐	☐
3.	salir por la noche con mucha frecuencia	☐	☐
4.	fumar	☐	☐
5.	dormir entre siete y nueve horas	☐	☐
6.	beber alcohol	☐	☐
7.	pasar noches en vela	☐	☐

ACTIVIDAD 6 Un anuncio informativo

Parte A: Vas a escuchar un anuncio sobre el estrés. Antes de escucharlo, marca las tres situaciones que causan más estrés, los tres síntomas de estrés más importantes y las tres formas de combatirlo.

	Situaciones que causan estrés	Tú	Locutor
1.	tener problemas con el coche	☐	☐
2.	perder un trabajo	☐	☐
3.	salir mal en un examen	☐	☐
4.	romper una relación amorosa con alguien	☐	☐
5.	morir un pariente	☐	☐

Síntomas

1.	no interesarse por nada	❏	❏
2.	no poder dormir bien	❏	❏
3.	olvidarse de ciertas cosas	❏	❏
4.	sufrir de dolores de cabeza	❏	❏
5.	sentir dolor de estómago	❏	❏

Soluciones

1.	hablar con un/a amigo/a	❏	❏
2.	tomar un baño caliente	❏	❏
3.	meditar	❏	❏
4.	poner música suave	❏	❏
5.	hacer ejercicio	❏	❏

Parte B: Ahora escucha el anuncio de radio y marca las situaciones que causan estrés, los síntomas y las soluciones que sugiere el locutor.

ACTIVIDAD 7 Problemas de convivencia

Parte A: Patricia y Raúl son dos hermanos jóvenes que comparten un apartamento y tienen problemas de convivencia (*living together*). Por eso Patricia llama al programa de radio "Los consejos (*advice*) de Consuelo". Antes de escuchar, mira la lista para pensar en las cosas que más te molestan de un compañero o una compañera de apartamento.

Malos hábitos de…	Raúl	Patricia
1. no lavar los platos después de comer	❏	❏
2. afeitarse y no limpiar el lavabo (*sink*)	❏	❏
3. bañarse y no limpiar la bañera (*bathtub*)	❏	❏
4. levantarse temprano y hacer mucho ruido (*noise*)	❏	❏
5. cepillarse los dientes y no poner la tapa en la pasta de dientes	❏	❏
6. dejar cosas por todas partes	❏	❏
7. poner música a todo volumen	❏	❏

Parte B: Ahora escucha a Patricia mientras le cuenta su problema a Consuelo. Mientras escuchas, marca los malos hábitos de su hermano Raúl.

Parte C: Raúl está en su coche escuchando la radio y oye a su hermana hablando con Consuelo. Decide entonces llamar al programa. Escucha la conversación y marca los malos hábitos de Patricia. Recuerda: No necesitas comprender todas las palabras.

Parte A: Walter tiene muchos problemas con su novia y llama al programa de radio "Los consejos de Consuelo" para pedir ayuda. Antes de escuchar la conversación, lee la tabla y piensa qué cosas le pueden molestar a Walter de su novia.

La novia de Walter

1. ❏ criticar a los amigos de él
2. ❏ dejarlo plantado
3. ❏ gustarle mucho bailar
4. ❏ no pagar nunca cuando salen
5. ❏ no sacarlo a bailar nunca
6. ❏ tener muchos contratiempos
7. ❏ salir con otro chico
8. ❏ pasar mucho tiempo con sus amigos
9. ❏ tomar mucho alcohol

Parte B: Ahora escucha y marca en la lista de la Parte A las cuatro cosas que le molestan a Walter de su novia. Concéntrate solamente en entender las cosas que le molestan. Luego compáralas con tus predicciones.

ACTIVIDAD 9 Consejos para un novio con problemas

Parte A: Ahora en el programa "Los consejos de Consuelo", Consuelo le da consejos a Walter. Antes de escucharlos, marca cuatro consejos lógicos para darle a Walter.

		Tú	Consuelo
1.	Tiene que preguntarle a la novia si está saliendo con otro chico.	❏	❏
2.	No debe criticar a los amigos de la novia.	❏	❏
3.	Tiene que salir con la novia y con otra chica a la vez.	❏	❏
4.	Debe invitarla a salir con los amigos de él.	❏	❏
5.	No debe pagar siempre cuando salen.	❏	❏
6.	No debe criticar a la novia.	❏	❏

Parte B: Ahora escucha a Consuelo y marca los tres consejos que da ella.

ESTRATEGIA DE COMPRENSIÓN ORAL: *SKIMMING*

When you skim, you just listen to get the main idea. You are not worried about the details.

ACTIVIDAD 10 ¿Hispano o latino?

Adriana y Jorge, dos estudiantes latinoamericanos que están de vacaciones en Perú, hablan de diferentes palabras que se usan para referirse a los hispanos. Escucha la conversación para averiguar cómo usan ellos diferentes términos. Vas a notar que esta conversación es más rápida que las otras que escuchaste en este capítulo. No te preocupes; no necesitas entender todas las palabras para hacer esta actividad, pero puedes escuchar la conversación todas las veces que necesites.

1. Una persona latina es de _____, _____,
   _____ (países).

2. Una persona hispana es de _____ (país) o de _____
   (continente).

3. Adriana se considera (*considers herself*) _____ o _____
   (adjetivos regionales).

Este es el final del programa de laboratorio para el Capítulo 1. Ahora vas a escuchar el podcast que escuchaste en clase, **"Un conflicto de identidad"**.

España: pasado y presente

PRONUNCIACIÓN
The consonant *d*

The consonant **d** is pronounced in two different ways in Spanish. When **d** appears in initial position or after **n** or **l**, it is pronounced softer than the *d* in the word *dog,* for example, **descubrir**. When **d** appears between two vowels, after a consonant other than **n** or **l**, or at the end of a word, it is pronounced somewhat like *th* in the English word *that,* for example, **creadora**. Note that if a word ends in a vowel and the next word starts with a **d**, the pronunciation is like a *th* due to linking rules. For example, in the following phrase, the **d** is pronounced as in *dog:* **el doctor**. But in the next phrase, the **d** is pronounced as in *that:* **la_doctora**.

ACTIVIDAD 1 Escucha y repite

Escucha y repite las siguientes palabras, prestando atención a la pronunciación de la **d**.

1. pro**d**uctor
2. ban**d**a sonora
3. come**d**ia
4. el **d**ocumental
5. película mu**d**a
6. **d**irector

ACTIVIDAD 2 Escucha y repite

Escucha y repite partes del podcast de Camila y Lucas. Presta atención a la pronunciación de la **d**.

1. Hola a to**d**os.
2. Necesito la opinión **d**e la gente.
3. Los Reyes Católicos, Fernan**d**o e Isabel, vencieron a los moros en España.
4. En 1898 España per**d**ió sus últimas colonias.
5. … to**d**os los lunes un nuevo ebook **d**e la serie *Años clave en la historia_de España.*

COMPRENSIÓN ORAL

ACTIVIDAD 3 La historia de España

Vas a escuchar oraciones sobre la historia de España y la colonización de América. Marca si la oración indica:

A. una acción completa en el pasado   X
B. el comienzo o el fin de una acción   X… … X
C. el período de una acción   ☐ X ☐

1. _____
2. _____
3. _____
4. _____
5. _____
6. _____

ACTIVIDAD 4 ¿Qué ocurrió primero?

Vas a escuchar cuatro conversaciones cortas. Para cada una, indica, con el número 1, qué acción ocurrió primero y, con el número 2, cuál ocurrió después.

A. _____ dejar el trabajo   _____ copiar la lista de nombres

B. _____ irse de la compañía   _____ romperse el pie derecho

C. _____ ir a Australia   _____ tomar clases de inglés

D. _____ alquilar un auto   _____ sacar la licencia de manejar

ACTIVIDAD 5 Una queja

Una profesora de literatura encontró ciertos errores en un libro sobre Cervantes, el autor del *Quijote,* y decidió llamar a la editorial que publicó el libro. Escucha la conversación telefónica y reescribe solo las oraciones que contienen datos incorrectos.

Cervantes: Vida y obra

1. Nació en Alcalá de Henares, España, en 1546.

   _____

2. En 1575, cuatro años después de la Batalla de Lepanto, los turcos lo pusieron en la cárcel (*jail*).

   _____

3. Perdió el uso de la mano izquierda en la cárcel.

   _____

4. Mientras estaba en una cárcel de Argel, se dedicó a escribir.

   _____

ACTIVIDAD 6 Una noticia

Parte A: Vas a escuchar una noticia por radio. Antes de escucharla, lee las acciones de la lista y piensa en una secuencia lógica.

a. El hombre ató (*tied up*) a una mujer. _____

b. El hombre comenzó a cantar. _____

c. El hombre entró en una casa. _____

d. El hombre fue a una biblioteca. _____

e. El hombre olvidó el canto (*chant*). _____

f. El hombre terminó en la cárcel. _____

g. La mujer se liberó y llamó a la policía. _____

h. La policía lo encontró en la biblioteca. _____

Parte B: Ahora escucha la noticia de radio y ordena las acciones de acuerdo con lo que cuenta el locutor.

ESTRATEGIA DE COMPRENSIÓN ORAL: *VISUALIZING INFORMATION ON A MAP*

As you listen, you may be able to better understand the spoken information by transferring it to a diagram, chart, or graph, or visualizing it on a map. Having a tangible point of reference can help you follow what is being said in a logical manner.

ACTIVIDAD 7 El verano pasado

Parte A: Martín y Victoria están hablando sobre lo que hicieron el verano pasado. Lee la lista de acciones y luego escucha la conversación para marcar las tres acciones que menciona cada uno.

	Martín	Victoria
1. Alquiló un apartamento.	❑	❑
2. Alquiló un coche.	❑	❑
3. Comenzó un nuevo trabajo.	❑	❑
4. Dejó de salir con alguien.	❑	❑
5. Empezó a salir con alguien.	❑	❑
6. Ganó dinero.	❑	❑
7. Viajó a otro país.	❑	❑
8. Vivió con sus padres.	❑	❑

Parte B: Ahora escucha la conversación otra vez y marca en el mapa los lugares que Victoria visitó en su viaje a Venezuela.

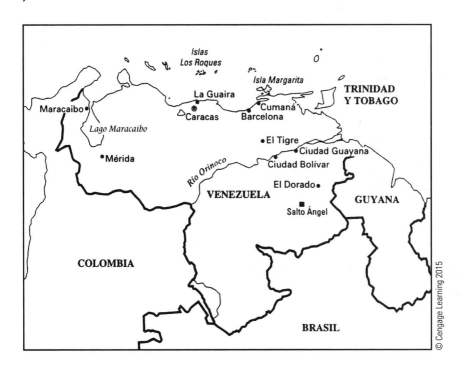

Escucha la descripción de una película que hace una comentarista de radio y completa la tabla. Escucha la descripción todas las veces que necesites.

Película: _____

Argumento (marca uno): ❏ la vida de la artista ❏ la crisis de un matrimonio

❏ un accidente terrible

Género: ❏ drama ❏ comedia ❏ romántica

Directora: *Julie Taymor*

Actriz principal: _____

Actor: *Alfred Molina* hace el papel de _____

Premio: *Oscar a la Mejor* _____

Se filmó en _____ (país)

Clasificación moral: solo para _____ años

ACTIVIDAD 9 Viaje a Andalucía

Blanca y Raúl acaban de regresar de un viaje por España y le cuentan a su amigo Nelson sobre el viaje. Escucha la conversación y completa la información.

1. ¿Qué es Al Andalus? Es _____.
2. ¿A quién le gustó Granada? A _____.
   ¿Y Sevilla? A _____.
3. Lugares que visitaron en Sevilla:
   a. _____ el Alcázar
   b. _____ la Alhambra
   c. _____ la Giralda
   d. _____ los jardines del Generalife
   e. _____ el Parque de María Luisa

Este es el final del programa de laboratorio para el Capítulo 2. Ahora vas a escuchar el podcast que escuchaste en clase, "**Un anuncio histórico**".

La América precolombina

PRONUNCIACIÓN

The consonant *r*

The consonant **r** has two different pronunciations in Spanish: the flap sound, as in **ahora,** similar to the double *t* sound in *butter* and *Betty,* and the trill sound, as in **ahorra.** The **r** is pronounced with the trill only at the beginning of a word or after **l, n,** or **s,** as in **rompía, sonríe,** and **Israel.** The **rr** is always pronounced with the trill, as in **borracho.**

ACTIVIDAD 1 Escucha y marca la diferencia

Mira los pares de palabras y marca la palabra que se dice en cada caso.

1. caro   carro
2. pero   perro
3. cero   cerro
4. ahora   ahorra
5. para   parra
6. moro   morro

ACTIVIDAD 2 Escucha y repite

Escucha y repite las siguientes palabras. Presta atención a la pronunciación de **r** y **rr.**

1. cara   5. pelirrojo
2. rubia   6. color
3. triangular   7. honrado
4. alrededor   8. israelita

ACTIVIDAD 3 Escucha y repite

Escucha y repite las siguientes partes de la leyenda de Quetzalcóatl. Presta atención a la pronunciación de **r** y **rr.**

1. Quería ir a vivir a la Tierra.
2. Los dioses le enseñaron a obtener el oro.
3. Los toltecas se hicieron ricos.
4. Quería darles algo para su futuro.
5. Y de repente vio un hormiguero.
6. Y colorín, colorado, esta leyenda ha terminado.

COMPRENSIÓN ORAL

ACTIVIDAD 4 El pasado

Vas a escuchar cinco oraciones sobre los indígenas de Norte y Centroamérica. Para cada una, indica si es:

    A. una acción habitual en el pasado

    B. una descripción en el pasado

    C. una acción habitual en el presente

1. _____   **3.** _____   **5.** _____

2. _____   **4.** _____

ACTIVIDAD 5 Descripción de delincuentes

Anoche un hombre y una mujer asaltaron un supermercado. Antes de escuchar la noticia, lee la lista de rasgos faciales. Luego escucha a una locutora de radio y marca los rasgos de cada delincuente. ¡Ojo! Algunos de los rasgos no describen a ninguno de los dos delincuentes.

			Hombre	Mujer
1.	barba		❏	❏
2.	bigotes		❏	❏
3.	boca	**a.** grande	❏	❏
		b. pequeña	❏	❏
4.	cicatriz		❏	❏
5.	frenillos		❏	❏
6.	nariz	**a.** grande	❏	❏
		b. pequeña	❏	❏
7.	ojos	**a.** grandes	❏	❏
		b. pequeños	❏	❏
8.	pecas		❏	❏
9.	pelo	**a.** lacio, negro y corto	❏	❏
		b. rizado y largo	❏	❏
10.	tatuaje		❏	❏

ACTIVIDAD 6 Un día feriado

Hoy es feriado y los empleados de una compañía se reúnen en un picnic. Entre los empleados se encuentran Juan y Lautaro, que están sorprendidos porque notan algunos aspectos de la personalidad de sus compañeros de trabajo que nunca ven en la oficina. Indica cómo es cada compañero y cómo se está comportando hoy.

	En la oficina...	**Hoy en el picnic...**
1. la jefa	es _____	está _____
2. Miguel	es _____	está _____
3. José	es _____	está _____

ESTRATEGIA DE COMPRENSIÓN ORAL: *MAKING INFERENCES*

It is sometimes necessary to listen between the lines, that is, to extract information that is not said explicitly. Sometimes when you listen to a radio interview, for example, you cannot see the persons involved and, therefore, may have to infer their age as well as their attitude toward one another and toward what they are saying.

ACTIVIDAD 7 Inferencias

Vas a escuchar tres conversaciones cortas. Intenta deducir qué ocurre en cada situación y marca tus deducciones. Recuerda leer la información antes de escuchar cada conversación.

Conversación 1

a. Le escribía a ☐ unos tíos. ☐ sus abuelos.

☐ una amiga. ☐ un amigo.

b. Le escribía ☐ un poema. ☐ un email.

c. Él se enojó porque ☐ el correo era muy caro. ☐ la/s otra/s persona/s no contestaba/n.

Conversación 2

a. Ellos tienen ☐ 10–12 años. ☐ 15–18 años. ☐ 40–50 años.

b. Están en ☐ una fiesta. ☐ un barco.

☐ una oficina. ☐ una clase.

c. El regalo es para ☐ un invitado. ☐ una prima.

☐ unos amigos. ☐ un compañero de trabajo.

Conversación 3

a. Él está ☐ celoso. ☐ cansado.

☐ relajado. ☐ contento.

b. Ellos tienen ☐ 10–12 años. ☐ 23–28 años. ☐ 40–50 años.

c. Están en ☐ una sala. ☐ una cafetería.

☐ una cocina. ☐ una playa.

d. ¿Quién recibió la noticia? ☐ una niña ☐ un pariente

☐ unas niñas ☐ unos parientes

e. La noticia era de ☐ un trabajo mejor. ☐ una tragedia.

☐ un premio. ☐ un coche nuevo.

Parte A: Antes de escuchar una noticia arqueológica por radio, para la grabación y lee la lista de verbos que aparecen en la noticia. Luego intenta predecir cuál es la noticia.

descubrieron	vivían
fue	estaban
había	encontraron

Parte B: Ahora escucha la noticia para confirmar o corregir tu predicción.

Parte C: Escucha la noticia otra vez y contesta las preguntas. Al escribir números, hazlo con números y no con letras.

1. ¿Cuánto tiempo hace que fue famoso este lugar?   Hace _____ años.
2. ¿Cuántas pirámides había?   Más de _____.
3. ¿Cuántos habitantes había?   Más de _____.
4. ¿Cuál era el pasatiempo favorito de la gente?   Los juegos de _____.
5. ¿Qué cosas se encontraron?
   a. _____ de cerámica
   b. una _____

ACTIVIDAD 9 La leyenda del chocolate

Parte A: La locutora de un programa de radio para niños va a contar una leyenda tolteca sobre cómo llegó el chocolate a la tierra. Los toltecas habitaron el sur de México y parte de Guatemala. El protagonista de la leyenda se llama Quetzalcóatl. Escucha el principio de la leyenda y marca las descripciones que se mencionan.

1a. ❑ Los dioses vivían en una estrella gigante.   1b. ❑ Los dioses vivían en el cielo.
2a. ❑ Tenían pájaros.   2b. ❑ Tenían serpientes.
3a. ❑ Quetzalcóatl era el guardián.   3b. ❑ Quetzalcóatl era el jardinero.
4a. ❑ Había un arbusto (*shrub*) con florecitas.   4b. ❑ Había un jaguar con su cría (*litter*).

Parte B: Los sucesos de la leyenda del chocolate están escritos fuera de orden. Antes de escuchar la leyenda, léelos y después, numera los sucesos mientras escuchas el resto de la leyenda.

a. _____ Algunos dioses no querían darle permiso.
b. _____ Finalmente le dieron permiso.
c. _____ Fue a pedirles permiso a los dioses.
d. _____ Fue al jardín para tomar unas semillas.
e. _____ Quetzalcóatl decidió vivir en la tierra.
f. _____ Fue al jardín y tomó unas semillas.
g. _____ Las llevó a la tierra.
h. _____ Su mamá lo vio.

ACTIVIDAD 10 ¿Discriminación al indígena?

Dos amigos hablan de la discriminación al indígena en México y Ecuador. Escucha la conversación y completa la información.

1. Ejemplos de discriminación en México según la mujer: (marca dos)
    a. _____ Los indígenas siempre tienen que esperar en las oficinas públicas para que los atiendan.
    b. _____ El gobierno les quita sus tierras.
    c. _____ Los indígenas son criados (*servants*) en los programas de televisión.
    d. _____ La policía trata mal a los indígenas.
2. Guayasamín era
    a. _____ un cantante ecuatoriano.
    b. _____ un pintor ecuatoriano.
    c. _____ un escritor ecuatoriano.
3. Guayasamín muestra cómo sufre el _____.

Este es el final del programa de laboratorio para el Capítulo 3. Ahora vas a escuchar el podcast que escuchaste en clase, **"La leyenda del maíz"**.

Llegan los inmigrantes

PRONUNCIACIÓN

Linking

In normal conversation, you link words as you speak to provide a smooth transition from one word to the next. In Spanish, when the last letter of a word is the same as the first letter of the following word, the last and first letters are pronounced almost as one letter, for example, **la‿ascendencia, el‿lugar**. Remember that the **h** is silent in Spanish, so the link occurs as follows: **la‿habitante**. In addition, a word ending in a consonant usually can be linked to the next word if the latter begins with a vowel, for example, **los‿extranjeros, el‿orgullo**. It is also very common to link final vowels with beginning vowels, as in **la‿emigrante**.

ACTIVIDAD 1 Escucha y repite

Escucha y repite las siguientes ideas sobre la inmigración.

1. Se‿hizo la‿América.
2. La‿esclava‿hacía todo‿el trabajo pesado.
3. Los descendientes‿sabían que no le debían‿nada‿a nadie.
4. Tenían‿incentivos para‿abrirse‿a nuevas‿oportunidades.
5. No podemos‿ignorar la‿influencia que tienen los‿inmigrantes.
6. Todos‿eran‿oriundos de‿ese lugar.

ACTIVIDAD 2 Escucha y repite

Escucha y repite lo que dice un cubano sobre su origen.

Mi bisabuelo‿era‿español, pero mi‿origen se remonta más‿atrás‿en la‿historia. No sé mucho, pero‿es‿algo que me gustaría‿investigar, pues‿existen‿archivos‿excelentes‿en Trinidad.

COMPRENSIÓN ORAL

ACTIVIDAD 3 Mala suerte

Vas a escuchar a tres personas hablar de un problema que tuvo cada una. Escúchalas para deducir e indicar qué le pasó a cada persona. Recuerda leer los problemas antes de empezar.

1. _____ a la mujer
2. _____ al hombre
3. _____ a la esposa del señor

a. Se le acabó la gasolina.
b. Se le descompuso la computadora.
c. Se le quedaron las llaves en el carro.
d. Se le olvidó el nombre de una persona.
e. Se le perdió la billetera (*wallet*).
f. Se le rompieron los pantalones.

Escucha las siguientes definiciones y completa el crucigrama con palabras relacionadas con la inmigración. Recuerda que en los crucigramas las palabras no llevan acento.

Parte A: Escucha las siguientes miniconversaciones sobre personas que tuvieron diferentes problemas. Para cada conversación, indica con letras mayúsculas (A, B, etc.) qué iba a hacer esa persona y con letras minúsculas (a, b, etc.) por qué no lo hizo. Antes de escuchar las mini-conversaciones, lee las opciones.

Conversación	Iba a...	No pudo porque...
1. ____ ____	**A.** ir a dormir	**a.** estaba enfermo/a
2. ____ ____	**B.** ir a un concierto	**b.** estaba súper ocupado/a
3. ____ ____	**C.** ir a una fiesta	**c.** lo/la llamaron del trabajo
	D. comprar algo en la panadería	**d.** no había entradas
	E. preparar un pastel	**e.** no tenía dinero

Parte B: Ahora escucha otras miniconversaciones y, para cada una, indica la obligación que tenía la persona. Luego, al lado de la palabra **sí** pon una X si completó la obligación y, si no la completó, al lado de la palabra **no** escribe la letra del problema que tuvo. Antes de escuchar las miniconversaciones, lee las opciones.

Conversación	Obligaciones	Problemas
1. ____ sí ____ no ____	A. ir al dentista	a. se le descompuso
2. ____ sí ____ no ____	B. limpiar su casa	b. se le olvidó
3. ____ sí ____ no ____	C. llevar a arreglar la computadora	c. se le perdió la dirección
	D. sacar la visa para Brasil	d. se quedó dormido/a
	E. terminar el trabajo escrito en su computadora	

ACTIVIDAD 6 El origen de tu familia

Rosa y Francisco hablan del origen de su familia. Escucha la conversación y marca las cosas que ha hecho Rosa, las cosas que ha hecho Francisco y las que no ha hecho ninguno de los dos. Recuerda leer la información antes de escuchar la conversación.

	Rosa	Francisco	Ninguno de los dos
1. Ha ido al Museo del Inmigrante.	☐	☐	☐
2. Ha visto el árbol genealógico de su familia.	☐	☐	☐
3. Ha hecho investigación sobre su familia en Internet.	☐	☐	☐
4. Ha ido a otro país donde viven parientes suyos.	☐	☐	☐
5. Ha aprendido bien la lengua de sus abuelos.	☐	☐	☐
6. Ha salido con alguien de otra nacionalidad.	☐	☐	☐

ACTIVIDAD 7 Perspectiva de inmigrantes

Escucha a Ivo y a Andrea hablar sobre lo bueno, lo malo y lo difícil de vivir en otro país y marca las ideas que mencionan. Antes de escuchar la conversación, lee las opciones.

Lo bueno
- ☐ aprender otra cultura
- ☐ ver las cosas desde otro punto de vista
- ☐ aprender bien otro idioma
- ☐ hacer nuevos amigos

Lo malo
- ☐ no conocer bien el lugar
- ☐ no tener a su familia cerca
- ☐ sentirse rechazado por no hablar bien el idioma

Lo difícil
- ☐ sentir nostalgia por su ciudad
- ☐ sentir nostalgia por sus comidas típicas
- ☐ tener un futuro incierto

Escucha a un profesor mientras habla de un grupo de inmigrantes que llegó a Perú y completa la tabla.

nacionalidad y años importantes de emigración	condiciones en su país de origen	por qué fueron a Perú	otros datos
• _____ • entre _____ y _____ (años)	• su país se convierte en una sociedad _____ • los campesinos empiezan a perder su _____	• para trabajar en los campos de _____ __ _____	• durante la _____ Guerra Mundial, Perú los manda a _____ (país)

ESTRATEGIA DE COMPRENSIÓN ORAL: *GUESSING MEANING FROM CONTEXT*

When listening, you will often come across words that are unfamiliar to you. In many cases these may be cognates, which are easily understood. In other cases, however, you will need to pay close attention to the context to guess the meaning of unfamiliar words.

ACTIVIDAD 9 Un episodio

Escucha a una persona que describe qué le ocurrió una vez. Mientras escuchas, completa la tabla.

CIRCUNSTANCIAS			QUÉ OCURRIÓ
Edad	**Lugar (marca uno)**	**Tiempo (clima)**	• en su país, ella dejó a su _____ • en el lugar de vacaciones, conoció a un _____ ___ _____ que le gustó • esta persona la invitó a su _____ • allí se encontró con el mejor _____ de su _____
	☐ Caribe ☐ Bariloche ☐ Puerto Rico	• _____ • _____ • _____	

Este es el final del programa de laboratorio para el Capítulo 4. Ahora vas a escuchar el podcast que escuchaste en clase, **"Charla con nuestro nuevo amigo cubano"**.

Los Estados Unidos: Sabrosa fusión de culturas

PRONUNCIACIÓN

The letters *b* and *v*

In most Spanish dialects there is no difference between the pronunciation of the letters **b** and **v**. When these letters occur at the beginning of a sentence, or after **m** or **n** respectively, they are pronounced much like the *b* in the English word *boy;* for example, **legumbres, verduras**. In all other cases, they are pronounced by not quite closing the lips, as in **bebidas, aperitivo**.

ACTIVIDAD 1 Escucha y repite

Escucha y repite las siguientes palabras relacionadas con la comida, prestando atención a la pronunciación de la **b** y la **v**.

1. vaso
2. arvejas
3. vino tinto
4. berenjena
5. verduras frescas
6. botella
7. enviar
8. gambas

ACTIVIDAD 2 Escucha y repite

Escucha y repite las siguientes partes del podcast de Camila y Lucas de este capítulo. Presta atención a la pronunciación de la **b** y la **v**.

1. ¿Viste cómo sé?
2. Es la comida que crearon, que inventaron en los Estados Unidos personas de origen mexicano que viven en la zona de…
3. Es la comida que combina elementos de la cocina indígena…
4. Bueno, de varios lugares.
5. Cabeza de Vaca. Pobre hombre, qué terrible.

COMPRENSIÓN ORAL

ACTIVIDAD 3 El crucigrama

Escucha las siguientes definiciones y completa el crucigrama con palabras relacionadas con la comida. Recuerda que en los crucigramas las palabras no llevan acento.

ACTIVIDAD 4 Una receta

Escucha la receta que da un chef por la radio y numera los dibujos de la receta para ponerlos en orden.

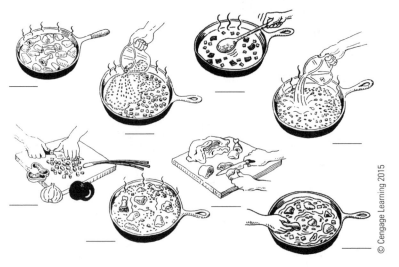

© Cengage Learning 2015

ACTIVIDAD 5 Los consejos universitarios

Parte A: Una muchacha va a ir a los Estados Unidos a estudiar en una universidad y les pide consejos académicos a unos amigos. Antes de escuchar, marca los tres consejos lógicos para un extranjero que quiera estudiar en tu universidad.

1. ❏ Te recomiendo que te matricules en las clases lo antes posible.
2. ❏ Te aconsejo que no vayas a clase.
3. ❏ Es importante que sepas bien inglés.
4. ❏ Es buena idea no ver a los profesores en sus horas de oficina.
5. ❏ Te aconsejo que compres los libros pronto y que guardes el recibo por si cambias de clase.

Parte B: Ahora escucha la conversación y marca en la primera columna los cinco consejos que escuchas. Recuerda leer los consejos antes de escuchar.

	Consejos que escuchas	Consejos que va a poner en práctica
1. conocer a su consejero	❏	❏
2. asistir a clase	❏	❏
3. estudiar desde el primer día	❏	❏
4. tomar una clase fácil	❏	❏
5. aprender a buscar información en la biblioteca	❏	❏
6. tomar una clase de redacción	❏	❏
7. matricularse por Internet	❏	❏
8. pedirle apuntes a otro estudiante	❏	❏

Parte C: Escucha la conversación otra vez y marca en la segunda columna cuáles de los consejos que escuchó la muchacha crees que va a poner en práctica.

ACTIVIDAD 6 Un problema

Parte A: Un muchacho llama al programa de radio "Los consejos de Consuelo" para contar un problema. Escúchalo y completa el problema que tuvo.

Perdió un _____ porque se le descompuso

_____.

Parte B: En el programa de radio, Consuelo le sugiere que hable con el profesor, pero a él no le parece buena idea. Escucha la conversación otra vez y completa cómo es el profesor y cómo va a reaccionar según el muchacho.

1. El profesor es muy _____.
2. El profesor no le va a _____ al muchacho.

Escucha el siguiente programa de radio donde se habla sobre el cantante del mes y completa la tabla.

Cantante del mes: Natalia Lafourcade

Nacionalidad: _____

Cantidad de premios de MTV: _____

Cantidad de Grammys: _____

Le gusta la música de _____. (cantante)

Empezó a cantar a los _____ años.

Tenía _____ años cuando conoció a su primer amor.

Temas de sus canciones:

- *su primer* _____

- *problemas con los* _____

- *cosas que les ocurren a los* _____

Su música tiene estilos de _____, de _____ y de *bossa nova*.

Promociona su música en _____ y _____.

ESTRATEGIA DE COMPRENSIÓN ORAL: *DISTINGUISHING MAIN AND SUPPORTING IDEAS*

Distinguishing main ideas from supporting details can greatly aid your overall comprehension. Therefore, when listening, it is important to determine what the central topic is. Once you know the central topic, you can focus on how the speaker supports his or her points. As you listen to recordings to improve your comprehension of spoken Spanish, listen once to determine the central topics and then a second time to find the supporting ideas.

ACTIVIDAD 8 Un anuncio informativo

Vas a escuchar un anuncio informativo. Necesitas averiguar cuál es la idea central del anuncio e identificar tres recomendaciones que se hacen.

Idea central:
- ❏ qué hacer para no comer demasiado
- ❏ cómo evitar el dolor de estómago
- ❏ qué hacer cuando nos sentamos a la mesa

Ideas que apoyan (recomendaciones):
- ❏ beber mucha agua antes de comer
- ❏ no hablar mucho al comer
- ❏ masticar (*chew*) bien
- ❏ no mirar TV ni leer
- ❏ preparar comidas bajas en calorías
- ❏ tomar Pepto Bismol©

ACTIVIDAD 9 La comida de mi casa

Una muchacha mexicana y un joven puertorriqueño hablan sobre las comidas de sus países. Ahora escucha la conversación y completa la información de la tabla.

Mujer mexicana	Hombre puertorriqueño
Desayuno: huevos rancheros	Desayuno: café con _____ y pan _____
Almuerzo: _____ con _____ y _____ natural con _____ hora: _____ p. m.	Almuerzo: _____ hora: 12 p. m.
La comida más fuerte es: (marca una) ❏ almuerzo ❏ cena	La comida más fuerte es: (marca una) ❏ almuerzo ❏ cena

Este es el final del programa de laboratorio para el Capítulo 5. Ahora vas a escuchar el podcast que escuchaste en clase, **"Cátedra y comida"**.

Nuevas democracias

PRONUNCIACIÓN
Spanish *p*, *t*, and [*k*]

In Spanish **p**, **t**, and [**k**] ([k] represents a sound) are unaspirated. This means that, unlike English, there is no puff of air when these sounds are pronounced. Listen to the difference: *potato*, **papa**; *tomato*, **tomate**; *cut*, **cortar**. To experience this difference, hold the back of your hand in front of your mouth and say *paper*. You should feel an explosion of air as you say the *p*. Now, hold your hand in front of your mouth and compress your lips as you say **papá** several times without allowing a puff of air.

ACTIVIDAD 1 Escucha y repite

Escucha y repite las siguientes palabras relacionadas con la política y presta atención a la pronunciación de **p**, **t** y [**k**].

1. corrupción
2. tratado
3. asunto político
4. discriminar
5. campaña electoral
6. golpe de estado

ACTIVIDAD 2 Escucha y repite

Escucha y repite partes del podcast de Camila y Lucas de este capítulo. Presta atención a la pronunciación de **p**, **t** y [**k**] y a la unión de palabras.

1. Te **quería** comentar **que**_escuché_el_otro día la canción_"Ni chicha, ni limoná".
2. ¿Lo mataron? ¿Quiénes? ¿Cuándo? ¿Por **qué**?
3. Tú hablas de cuando_hubo_un golpe de_estado contra_el **presidente**_Allende.
4. En fin, el nuevo gobierno militar comenzó la **persecución** contra la gente **que**_apoyaba_al partido **político** de_Allende.
5. Detuvieron_a mucha gente_y luego **torturaron**_a muchos_e_hicieron desaparecer_a unas… dos mil **trescientas personas**.

COMPRENSIÓN ORAL

ACTIVIDAD 3 Personas famosas

Escucha estas descripciones de unas personas famosas. Indica para cada persona su nacionalidad, su ocupación y por qué es famosa.

	Nacionalidad	Ocupación	Por qué es famoso/a
1. Rebecca Lobo	norteamericana	comentarista de _____	ayudó a popularizar el _____ _____ en EE.UU.
2. Óscar Arias	costarricense	fue _____ de su país	Premio _____ de la _____
3. Victoria Pueyrredón	_____	escritora	escribió el cuento " _____ _____ "
4. Ricardo Arjona	_____	cantante	ganó _____ Grammys
5. María Izquierdo	_____	_____	*Sueño y presentimiento* (un _____)

ACTIVIDAD 4 Una candidata a representante estudiantil

Parte A: Una muchacha, que es candidata a representante estudiantil de una facultad de sociología, le habla a un grupo de estudiantes sobre los problemas de esa facultad. Antes de escucharla, completa los siguientes problemas típicos con los verbos que se presentan y luego marca el problema que más te molesta.

1. ❐ Es lamentable que la cafetería no _____ comida orgánica. (servir)
2. ❐ Es terrible que la universidad _____ tantas clases a las 8 y a las 9 de la mañana. (ofrecer)
3. ❐ Es malo que la matrícula de la universidad _____ tanto dinero. (costar)

Parte B: Ahora escucha a la muchacha y anota los tres problemas de su facultad y las soluciones que ella ofrece.

	1	2	3
Problema	no hay una buena _____	clases con más de _____ estudiantes	no hay un curso sobre los efectos de la _____
Solución	tener una con _____ actualizado	reducir el _____ de estudiantes	abrir una _____ para enseñar eso

Parte C: Usa la información de la Parte B para escribir oraciones sobre dos problemas y soluciones que menciona la muchacha en su discurso. Indica en cada oración qué es lamentable (el problema) y qué es preciso (la solución) según la muchacha.

1. Es lamentable que _____,

   por eso es preciso _____.

2. Es lamentable que _____,

   por eso es preciso _____.

ACTIVIDAD 5 Una crítica de cine

Parte A: Una locutora de radio va a hacer una crítica de *Fresa y chocolate,* una película cubana que fue nominada para el Oscar en 1995. Escucha su comentario y combina un nombre de la columna izquierda con un sustantivo de la columna derecha.

1. Gutiérrez Alea _____   a.   actor (papel de David)
2. Coppelia _____   b.   actor (papel de Diego)
3. Perugorria _____   c.   productor
4. La Habana _____   d.   heladería
5. Cruz _____   e.   director
                            f.   ciudad

Parte B: Ahora escucha la crítica otra vez y contesta las preguntas.

1. ¿De qué se trata la película?

   Es sobre un artista que es rechazado por el partido _____

   por ser _____.

2. ¿Cuál es el tema principal?

   Cómo evoluciona la amistad entre _____ y

   _____. (nombres)

3. ¿Recomienda el locutor esta película?

   Sí ☐   No ☐   Ni sí, ni no ☐

Parte A: Una muchacha mexicana que acaba de regresar de Buenos Aires, Argentina, le está contando sobre su viaje a un amigo que ya conoce esa ciudad. Escucha la conversación y marca los lugares que ella visitó.

1. ❏ la calle Corrientes
2. ❏ la calle Florida
3. ❏ la Casa Rosada
4. ❏ la Catedral

5. ❏ la Plaza de Mayo
6. ❏ la Recoleta
7. ❏ el cementerio de la Recoleta

Parte B: Ahora escucha la conversación otra vez y apunta la información que da el hombre sobre los tres lugares que ella no visitó. Luego imagina que eres el hombre y escribe oraciones para decir por qué es lamentable, es una pena o te sorprende que ella no haya visitado esos lugares.

1. Es lamentable que tú no _____ _____ (ir) a la _____ porque allí está la _____ de San Martín.

2. Es una pena que tú no _____ _____ (caminar) por la _____ _____ porque allí hay muchas _____.

3. Me sorprende que tú no _____ _____ (estar) en el _____ _____ _____ _____ porque allí están las _____ de las personas más importantes del país.

Parte A: Consuelo, la locutora de un programa de radio, le pregunta a la gente qué características necesita un político para tener éxito. Escucha las llamadas y completa las cuatro características que se mencionan.

1. ser una persona _____
2. tener una buena _____
3. no haber estado involucrado en ningún _____
4. tener buen sentido del _____

Parte B: Ahora usa la información de la Parte A para escribir una oración que exprese cuál de las cuatro características te parece más importante en un político.

Para mí, es fundamental que un político _____

_____.

Vas a escuchar a una argentina y a una estadounidense hablar sobre el voto. En Argentina el voto es obligatorio y en los Estados Unidos es opcional. Escucha la conversación y completa las ideas sobre Argentina.

1. En Argentina, votar es una obligación y un _____.
2. La gente vota en blanco para _____ cuando no le gusta ninguno de los candidatos.
3. Para votar, uno debe presentar el _____ nacional de _____ o DNI.
4. Si la persona no vota, hay problemas para obtener el _____.
5. La gente se informa sobre los candidatos a través de
    - ❐ Internet.
    - ❐ la radio.
    - ❐ el periódico.
    - ❐ la televisión.
    - ❐ otras personas.

ESTRATEGIA DE COMPRENSIÓN ORAL: *DISTINGUISHING FACT FROM OPINION*

There are times when facts can be presented in an opinionated fashion. Whether you are listening to a newscast, an editorial, or a simple conversation between friends, it is important to separate facts from opinions. Notice how changing a single adjective can alter how an event is perceived by the listeners: *An angry crowd gathered in front of the White House. / A spirited crowd gathered in front of the White House.* Therefore, it is important to know, if possible, the bias of the speaker to whom you are listening.

ACTIVIDAD 9 ¿Ayuda norteamericana?

Carmen y Ramiro hablan sobre el beneficio de que los Estados Unidos se alíen con los países latinoamericanos. Escucha la conversación y completa la información.

1. Carmen cree que la alianza (*alliance*) puede traer estabilidad _____.
2. Carmen cree que los EE.UU. pueden (marca dos)
    a. ❐ combatir el tráfico de drogas.
    b. ❐ dar préstamos (*loans*).
    c. ❐ invertir dinero.
    d. ❐ abrir fábricas.
    e. ❐ ofrecer ayuda militar.
3. Para Ramiro, la solución es crear un _____ común entre los países
    _____.

Este es el final del programa de laboratorio para el Capítulo 6. Ahora vas a escuchar el podcast que escuchaste en clase, **"Otro 11 de septiembre"**.

Nuestro medio ambiente

COMPRENSIÓN ORAL

ACTIVIDAD 1 Deportes de aventura

Vas a escuchar definiciones de deportes de aventura. Escribe el número de la definición al lado del deporte que se describe.

_____ acampar   _____ hacer esquí alpino
_____ bucear   _____ hacer esquí nórdico
_____ escalar   _____ hacer *snorkel*
_____ hacer alas delta   _____ hacer surf
_____ hacer esquí acuático

ACTIVIDAD 2 Inferencias

Vas a escuchar tres conversaciones cortas. Intenta deducir qué ocurre en cada situación y marca tus deducciones.

Conversación 1

a. Están en…   ❏ una fiesta.   ❏ una tienda de ropa.
                          ❏ un supermercado.   ❏ una oficina.

b. La mujer es…   ❏ una supervisora.   ❏ una cliente.
                          ❏ una cajera.   ❏ una oficinista.

c. El hombre es…   ❏ un supervisor.   ❏ un cliente.
                          ❏ un oficinista.   ❏ un cajero.

d. El hombre no necesita… ❏ comida.   ❏ más trabajo.
                          ❏ papel.   ❏ bolsas.

Conversación 2

a. Las personas que hablan probablemente son…
                          ❏ vecinos.   ❏ esposos.
                          ❏ hermanos.   ❏ amigos.

b. Hablan de…   ❏ su vecino.   ❏ sus amigos.
                          ❏ sus hijos.   ❏ su hija.

c. La mujer ya les ha dicho muchas veces que…
                          ❏ hagan la tarea.   ❏ ordenen la habitación.
                          ❏ apaguen la luz.   ❏ sean honestos.

Conversación 3

a. Las personas que hablan son…

☐ esposos.   ☐ hermanos.

☐ abuelo y nieta.

b. Él compró…   ☐ unos bombones ricos.   ☐ un par de aretes.

☐ unas flores bonitas.   ☐ unas películas.

c. Son para…   ☐ su madre.   ☐ una prima.

☐ un amigo.   ☐ su esposa.

d. El motivo es…   ☐ el cumpleaños de ella.   ☐ un ascenso en el trabajo.

☐ su aniversario de casados.

ACTIVIDAD 3 Sugerencias para conservar agua

Escucha un anuncio sobre cómo conservar agua en el baño y marca las cuatro sugerencias que se mencionan. Recuerda leer la lista de sugerencias antes de escuchar.

Sugerencias para conservar agua

1. darse duchas más cortas   ☐
2. cerrar el grifo (*faucet*) mientras uno se lava los dientes   ☐
3. instalar una ducha que consuma poca agua   ☐
4. cerrar el grifo mientras uno se afeita   ☐
5. instalar un inodoro (*toilet*) que consuma menos agua   ☐
6. no usar el inodoro como basurero   ☐

ACTIVIDAD 4 En busca de ayuda

Parte A: Un muchacho llama a una asociación de psicólogos que ofrecen ayuda por teléfono. Lee la lista de problemas y luego escucha la conversación para marcar los cuatro problemas que tiene el muchacho.

1. No tiene ganas de estudiar.   ☐
2. Discutió con un profesor.   ☐
3. Saca malas notas en los exámenes.   ☐
4. No hay nadie que escuche sus problemas.   ☐
5. No hay nadie que quiera salir con él.   ☐
6. Tiene problemas con su jefe.   ☐
7. Tiene problemas con su novia.   ☐
8. Cree que no es una persona atractiva.   ☐
9. Cree que no es una persona interesante.   ☐

Parte B: Ahora escribe el consejo para este muchacho que probablemente le dé la psicóloga. Usa la frase apropiada.

dormir más
hablar con su novia
no discutir con el jefe
ver a un psicólogo en persona

Te aconsejo que _____.

ACTIVIDAD 5 Quiero un lugar...

Parte A: Un joven mexicano que vive en el D. F. (la Ciudad de México), le está describiendo a una amiga el lugar ideal para vivir. Escucha la conversación y marca las tres características que busca el joven en un lugar.

Quiero un lugar...

1. ❑ que tenga aire puro
2. ❑ donde haga calor
3. ❑ donde haya poco crimen
4. ❑ que sea tranquilo
5. ❑ que esté cerca del mar
6. ❑ que sea un centro urbano
7. ❑ donde haya buenas escuelas

Parte B: Escucha la conversación otra vez y escribe las dos cosas que está haciendo el gobierno mexicano para controlar la contaminación en el D. F.

1. El gobierno está _____ árboles.
2. También está controlando la cantidad de _____ en la zona.

ACTIVIDAD 6 La agencia de viajes

Una muchacha está hablando con un agente de viajes pues quiere que le recomiende un lugar de vacaciones. Escucha la conversación y apunta o marca la información apropiada.

1. La muchacha busca un lugar donde pueda…
    a. hacer _____.
    b. ver diferentes especies de animales y de _____.
    c. estar en contacto con la _____.

(Continúa en la página siguiente.)

2. Actividades que puede hacer en los siguientes lugares

	Islas Galápagos en Ecuador	Parques nacionales en Costa Rica
hacer *snorkel*	❏	❏
ver...		
leones marinos	❏	❏
peces de varios colores	❏	❏
pingüinos	❏	❏
plantas tropicales	❏	❏
tortugas	❏	❏
variedad de mariposas	❏	❏

ESTRATEGIA DE COMPRENSIÓN ORAL: *LISTENING TO A NEWS STORY*

A news story usually answers the questions *what? when? where?* and *how?* Therefore, it is useful to have these questions in mind when you listen to a news story.

ACTIVIDAD 7   Una noticia ecológica

Vas a escuchar una noticia ecológica en la que se mencionan tres tragedias. Apunta la información para cada tragedia.

TRAGEDIA	N.º 1	N.º 2	N.º 3
¿Cuándo?	marzo de _____	marzo de 2009	_____ de 2009
¿Qué?	murieron 1.200 _____	murieron miles de _____	murieron _____ pichones (*chicks*) de flamencos
¿Dónde?	en una _____ del sur de Chile	en una _____ del sur de Chile	en un _____ del desierto de Atacama
¿Cómo?			
• calentamiento global	❏	❏	❏
• contaminación ambiental	❏	❏	❏
• enfermedad bacterial	❏	❏	❏
• pesca excesiva	❏	❏	❏

ACTIVIDAD 8 El ecoturismo

Carlos y una amiga hablan sobre el ecoturismo en Costa Rica y las islas Galápagos. Escucha la conversación y marca los dos problemas que tiene Costa Rica según Carlos.

Problemas de Costa Rica según Carlos

1. ❑ demasiados autobuses para turistas
2. ❑ muchos turistas
3. ❑ muchas industrias
4. ❑ deforestación

Este es el final del programa de laboratorio para el Capítulo 7. Ahora vas a escuchar el podcast que escuchaste en clase, **"Unas vacaciones diferentes"**.

Hablemos de trabajo

COMPRENSIÓN ORAL

ACTIVIDAD 1 El crucigrama

Escucha las siguientes definiciones y completa el crucigrama con palabras relacionadas con el trabajo. Recuerda que las palabras no llevan acento en los crucigramas.

ACTIVIDAD 2 Consejos laborales

Parte A: Una persona llama a un programa de radio para pedir consejos sobre un problema laboral. Escucha la conversación y apunta el problema que tiene la persona.

Escuchó un _____ que la empresa lo va a

_____.

Parte B: Ahora escucha a la consejera y marca el consejo que ella le da.

1. ❐ ir a hablar con su jefe
2. ❐ buscar otro trabajo
3. ❐ no darle importancia a lo que escuchó
4. ❐ averiguar más sobre lo que escuchó
5. ❐ tomarse unas vacaciones

Parte C: Ahora completa los consejos adicionales que tal vez le dé la consejera.

En caso de que la información _____ correcta, necesita empezar a buscar otro trabajo. (ser)

Para _____ tranquilo, debe aclarar la situación. (sentirse)

Hable con las personas de recursos humanos para que ellos lo _____ en cómo proceder. (guiar)

ACTIVIDAD 3 El consejero matrimonial

Parte A: Una pareja va a ver a un consejero matrimonial porque tiene problemas. Escucha la conversación e indica qué dice el hombre y qué dice la mujer.

		Hombre	Mujer
1.	"Nunca escucha lo que digo".	❑	❑
2.	"Siempre habla hasta por los codos".	❑	❑
3.	"¿Quieres hablar de nuestra falta de comunicación"?	❑	❑
4.	"Tú te dormiste antes que yo".	❑	❑
5.	"Un día voy a tirar el televisor por la ventana".	❑	❑

Parte B: Ahora escribe qué dijo cada uno, usando el estilo indirecto. Por ejemplo: **Él dijo que ella se había quedado dormida primero.**

1. _____

_____

2. _____

_____

3. _____

_____

4. _____

_____

5. _____

_____

ACTIVIDAD 4 El sofá perfecto

Parte A: Una muchacha le está contando a un amigo cómo es el sofá que ella quiere diseñar. Antes de escuchar la conversación, marca tres características que te gustaría tener en un sofá.

		Tus preferencias	Sus preferencias
1.	tener revistero (*magazine rack*)	❐	❐
2.	ser reclinable	❐	❐
3.	tener control remoto	❐	❐
4.	tener lámpara	❐	❐
5.	tener un apoyalibros (*book holder*) con luz	❐	❐
6.	dar masajes	❐	❐
7.	emitir calor en invierno y frío en verano	❐	❐
8.	tener un cajón (*drawer*) multiuso	❐	❐

Parte B: Ahora escucha la conversación y marca en la lista de la Parte A las tres características que menciona la muchacha.

Parte C: Ahora indica para qué sirven las tres características que discutieron los amigos.

para que cada persona _____ estar sentada o reclinada (poder)

en caso de que uno _____ leer en el sofá (querer)

para _____ refrescos u otras cosas cerca (tener)

ACTIVIDAD 5 Entrevista a un profesor de inglés

La locutora de un programa de radio entrevista a un profesor de inglés como lengua extranjera que fue nombrado "Profesor del año". Escucha la entrevista y marca tres cosas que hace un buen profesor. Recuerda leer las ideas antes de escuchar la entrevista.

1. ❐ no explicar gramática en clase
2. ❐ hablar solo el idioma extranjero
3. ❐ dar instrucciones claras
4. ❐ hacer preguntas para asegurarse que los alumnos entendieron
5. ❐ preguntar "¿Entienden?" con frecuencia
6. ❐ dar exámenes sorpresa
7. ❐ hacer que la clase trabaje en grupos
8. ❐ indicar qué tarea hay que entregar

ACTIVIDAD 6 Cómo buscar trabajo

Parte A: Un locutor de radio entrevista a una empresaria sobre la mejor manera de buscar trabajo. Escucha la conversación y apunta los cinco consejos que da la empresaria.

1. Deben buscar en _____.

2. Hablen con amigos, _____ y conocidos.

3. Tienen que preparar un buen _____.

4. Entren a la _____ con una
   _____.

5. Necesitan hablar de lo que uno puede hacer para la
   _____.

Parte B: Ahora imagina que eres Alicia Máximo, la empresaria que escuchaste en la Parte A, y completa estos consejos adicionales.

Les aconsejo que también _____ trabajo por Internet. (buscar)

Antes de la entrevista, es importante que _____ mucho sobre la compañía a

la que solicitan a menos que ya la _____ bien. (leer, conocer)

También les recomiendo que después de la entrevista le _____ al

entrevistador un email para _____ las gracias por concederles la

entrevista. (mandar, darle)

ACTIVIDAD 7 La entrevista laboral

Victoria Álvarez se presenta para un puesto de recepcionista en un hotel. Escucha la entrevista con el gerente y marca la experiencia y los conocimientos que tiene esta candidata. Recuerda leer la lista antes de escuchar la entrevista.

1. ❏ Es capaz de negociar conflictos.
2. ❏ Ha trabajado con niños.
3. ❏ Ha usado Dreamweaver©.
4. ❏ Ha trabajado con adultos.
5. ❏ Ha estudiado idiomas extranjeros.
6. ❏ Ha tomado cursos de computación.
7. ❏ Ha trabajado con Microsoft© Word.
8. ❏ Ha tenido muchos trabajos.

ESTRATEGIA DE COMPRENSIÓN ORAL: *TAKING NOTES (PART 1)*

Taking notes can aid you in organizing and understanding information. You usually take notes when you listen to a lecture in class. One way of practicing note taking is by filling out an outline, as you will be able to do in the following activity.

ACTIVIDAD 8 Los tratados de libre comercio

Una profesora habla sobre los pros y los contras de los tratados (*treaties*) de libre comercio. Escucha a la profesora y completa el siguiente bosquejo (*outline*).

TRATADOS DE LIBRE COMERCIO
Se permite la _____ y la _____ sin _____ aduaneras ni subsidios.
Pros • incremento en el _____ de los países participantes • creación de más _____ • estímulo de la _____
Contras • no beneficia a países _____ porque no pueden competir con los _____ de otros países • hay mayor _____ y mayor _____ • afecta el _____ y la _____ de la gente

Este es el final del programa de laboratorio para el Capítulo 8. Ahora vas a escuchar el podcast que escuchaste en clase, **"Pasantías en el extranjero"**.

Es una obra de arte

COMPRENSIÓN ORAL

ACTIVIDAD 1 Vocabulario artístico

Escucha unas definiciones de palabras relacionadas con el arte y escribe el número de la definición al lado de la palabra que se define. Lee la lista de palabras antes de empezar.

_____ el autorretrato
_____ la burla
_____ censurar
_____ la fuente de inspiración
_____ interpretar
_____ la naturaleza muerta
_____ la obra maestra
_____ la reproducción
_____ simbolizar

ACTIVIDAD 2 ¿Qué es arte?

Cuatro personas llaman a un programa de radio para decir qué es arte. Lee las definiciones y luego escucha las llamadas e indica la definición que da cada persona.

Arte es...

1. _____ Raúl
2. _____ Carlota
3. _____ Olga
4. _____ Carlos

a. la interpretación de lo que el artista ve.
b. cualquier cosa que expresa lo que una persona siente.
c. objetos de mucho valor.
d. un cuadro.
e. cosas que crea un experto en el tema.

ACTIVIDAD 3 Me importaba mucho

Parte A: Marcos y Julia están hablando de las cosas que eran importantes para ellos cuando tenían 12 años. Escucha la conversación y marca las tres cosas que eran importantes para Julia y las dos cosas que eran importantes para Marcos. ¡Ojo! Hay una cosa que era importante para los dos.

		Julia	Marcos
1.	cuidar el físico	❑	❑
2.	fumar	❑	❑
3.	llevar ropa de moda	❑	❑
4.	ser como sus amigos/as	❑	❑
5.	ser popular	❑	❑
6.	sus amigos/as respetarlo/a	❑	❑
7.	tener amigos/as populares	❑	❑
8.	tener muchas cosas	❑	❑

Parte B: Ahora completa dos oraciones que probablemente indiquen otras cosas que les interesaban a Marcos y a Julia.

1. Les interesaba _____ con las palabras que estaban de moda. (hablar)
2. Querían que la escuela les _____ llevar ropa *punk*. (permitir)

ACTIVIDAD 4 La batalla de Rockefeller

La locutora de un programa de radio cuenta una historia sobre el muralista mexicano Diego Rivera. Mientras la escuchas, completa la tabla.

UNA HISTORIA SOBRE DIEGO RIVERA	
1. Edificio: _____	2. Ciudad: _____
3. Los Rockefeller eran símbolos del _____.	
Ideas políticas del mural:	
4. un mensaje de _____	5. el _____ como un mal
a. derecha b. izquierda	a. capitalismo b. marxismo
Qué provocó el escándalo:	
6. _____ en un periódico	7. la imagen de _____ en el mural
a. una foto b. un artículo	a. Lenin b. Nelson Rockefeller
8. Como consecuencia _____	
a. Rivera repintó la parte ofensiva.	b. Rockefeller destruyó el mural.
9. En la Ciudad de México, Rivera pintó una versión más _____ del mural.	
a. grande	b. pequeña

ACTIVIDAD 5 Un museo chileno

Escucha la descripción del Museo de la Solidaridad y completa la tabla.

MUSEO DE LA SOLIDARIDAD	
1. Creado por un grupo de _____.	**2.** En honor al _____ Salvador Allende.
3. Entre 1971–1973 se donaron: **a.** _____ obras (en números, no en letras) **b.** pinturas, _____, grabados, _____ y fotos	
4. El 11/9/1973 hubo un _____ y mataron al _____.	
5. En el exterior se abrieron museos de la _____.	
6. El museo se inauguró en el año _____.	**7.** Hoy día tiene _____ obras. (en números, no en letras)

ESTRATEGIA DE COMPRENSIÓN ORAL: *TAKING NOTES (PART 2)*

In Chapter 8, you practiced taking notes with the help of an outline. Another useful tip when taking notes is to listen for transition words which indicate the next step of the speech, such as introducing, explaining, or giving an example. In the following activity, you will be given a list of transition words to listen for as you hear someone discussing a famous painting.

ACTIVIDAD 6 *Las meninas*

Parte A: Busca en Imágenes de Google® el cuadro *Las meninas* de Diego Velázquez. Eres parte de un grupo de turistas en el Museo del Prado en Madrid y escuchas a un guía del museo que describe ese cuadro. Mientras lo escuchas, combina las personas que se describen con los nombres correspondientes.

1. niña en el centro del cuadro _____
2. chicas a los lados de la niña _____
3. pintor _____
4. hombre reflejado en el espejo _____
5. mujer reflejada en el espejo _____
6. hombre atrás a la derecha _____
7. personas pequeñas adelante a la derecha _____
8. hombre y mujer detrás de las personas pequeñas _____

a. los bufones (*buffoons*)
b. Diego Velázquez
c. dos damas de honor
d. dos servidores
e. la infanta Margarita
f. José Nieto
g. la reina María Ana de Austria
h. el rey Felipe IV

Parte B: Escucha la descripción otra vez y marca en la tabla las expresiones que usa el guía al hablar sobre esta obra maestra.

Para presentar un tema (marca 1)	Para dar información (marca 2)
❏ empezaré por	❏ como pueden ver
❏ en primer lugar	❏ fíjense (que)
❏ por una parte	❏ recuerden que
Para concluir (marca 1)	**Para resumir (marca 1)**
❏ finalmente	❏ en pocas palabras
❏ para terminar	❏ en resumen
❏ por último	❏ en resumidas cuentas

ACTIVIDAD 7 Un cuadro diferente

Parte A: Busca en Imágenes de Google® *Arango meninas primera visita*. Unos amigos hablan sobre el cuadro que encontraste. Escucha la conversación y completa la información.

1. El pintor es
   a. ❏ Pablo Picasso.
   b. ❏ Diego Velázquez.
   c. ❏ Ramiro Arango.
2. Esta obra de arte se llama _____.
3. Esta obra hace una interpretación de un cuadro de Diego Velázquez llamado

   _____.

4. Esta obra usa la naturaleza muerta para _____ de las obras

   de arte de la _____.

Parte B: Escucha la conversación otra vez e indica si es el hombre o la mujer quien tiene cada una de estas ideas. Lee las ideas antes de escuchar la conversación.

	Él	Ella
1. El cuadro de Arango es una burla del cuadro de Velázquez.	❏	❏
2. Muchas personas hoy día no se identifican con cosas del pasado.	❏	❏
3. Se aprende del pasado.	❏	❏
4. Es posible identificarse con un príncipe o una princesa.	❏	❏

Este es el final del programa de laboratorio para el Capítulo 9. Ahora vas a escuchar el podcast que escuchaste en clase, **"Arte público con participación pública"**.

Las relaciones humanas

COMPRENSIÓN ORAL

ACTIVIDAD 1 El crucigrama

Escucha las siguientes definiciones y completa el crucigrama con palabras relacionadas con la sociedad.

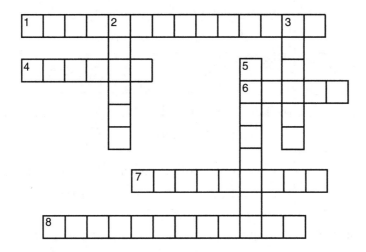

ACTIVIDAD 2 La comunicación

Parte A: Un locutor de radio va a dar consejos para mejorar la comunicación entre padres e hijos. Lee los siguientes consejos y luego escucha para marcar los dos que da el locutor.

1. ❏ contestar las preguntas del hijo con sinceridad
2. ❏ escuchar a su hijo
3. ❏ no burlarse de su hijo
4. ❏ tener en cuenta sus sentimientos
5. ❏ no castigarlo severamente

Parte B: Ahora imagina que eres el locutor del programa y completa los siguientes consejos. Luego marca el único consejo que da el locutor en la Parte A.

1. ❏ En su lugar, yo _____ de aceptar las cosas que dice mi hijo. (tratar)
2. ❏ Yo que Uds., lo _____ severamente. (castigar)
3. ❏ En su lugar, yo _____ de mi hijo para que él viera qué se siente. (burlarse)

Parte A: Un joven llama al programa de radio "Los consejos de Consuelo" para pedir un consejo. Escucha y completa el problema y los consejos que da Consuelo.

Según (*According to*)...	PROBLEMA
el joven	• Su novia _____ todo el dinero que ella tiene y no _____ nada.
Consuelo	• El problema lo tienen los _____. A él le molesta que ella no ahorre y entonces él _____ por los dos.
	CONSEJOS
Consuelo	• Si estuviera en tu lugar, _____ un plan con ella para ahorrar dinero.
	• También le preguntaría a ella cuánto dinero puede _____ cada uno por mes.

Parte B: Ahora marca las dos cosas que Consuelo quiere lograr con los consejos que da.

1. ❏ Consuelo quiere que él no sea el único que se ocupe de solucionar el problema.
2. ❏ Ella busca que la novia sea una participante activa en la solución del problema.
3. ❏ Consuelo quiere que él tenga más dinero para poder comprar los muebles.
4. ❏ Consuelo no quiere que la novia lo manipule.

Parte A: Vas a escuchar a una pareja de novios que se hacen promesas para el futuro. Antes de escuchar la conversación, marca las dos promesas típicas que hace un novio o una novia antes de casarse.

1. ❏ Nunca permitiré que mis abuelos se entrometan en nuestros problemas.
2. ❏ Siempre te seré fiel.
3. ❏ Te amaré para toda la vida.
4. ❏ Jamás miraré un partido de fútbol por televisión.

Parte B: Ahora escucha a la pareja y completa la tabla con las tres promesas que hace ella y las tres que hace él.

Promesas matrimoniales	
Ella **1.** Lo hará feliz. **2.** Le _____ casi todo lo que pida. **3.** Nunca le comprará un _____.	**Él** **1.** Estará con ella en las _____ y en las _____. **2.** La _____ siempre que ella lo necesite. **3.** Nunca invitará a los _____ de ella a casa.

ACTIVIDAD 5   Un programa de inglés

Parte A: Vas a escuchar un anuncio comercial sobre un programa de intercambio para ir a estudiar inglés a los Estados Unidos. Marca las cosas que te gustaría hacer si fueras una persona que llegara a estudiar a los Estados Unidos.

	Tú	El anuncio
1. tener cinco horas de clase al día	❑	❑
2. vivir con una familia americana	❑	❑
3. quedarse en un hotel de cuatro estrellas	❑	❑
4. hablar inglés con americanos	❑	❑
5. aprender expresiones informales	❑	❑
6. visitar lugares de interés turístico	❑	❑
7. recibir un certificado al terminar	❑	❑

Parte B: Ahora escucha el anuncio comercial y marca en la lista de la Parte A las cuatro cosas que ofrece el programa de inglés.

ACTIVIDAD 6   ¿Tener hijos?

Dos amigos están hablando sobre lo que implica tener hijos. Escucha la conversación y marca las ventajas y desventajas que mencionan. Recuerda leer las listas antes de escuchar.

Ventajas	Desventajas
1. ❑ ser una experiencia enriquecedora	**1.** ❑ necesitar mucha paciencia
2. ❑ ver crecer a un ser humano	**2.** ❑ no poder desarrollarse profesionalmente
3. ❑ madurar como persona	
4. ❑ compartir la vida con otro ser humano	**3.** ❑ preocuparse por más problemas
	4. ❑ ser mucho trabajo
5. ❑ afianzar (*strengthen*) la pareja	**5.** ❑ necesitar mucho dinero

ACTIVIDAD 7 El Día Internacional de la Mujer

La comentarista de un programa de radio habla sobre el Día Internacional de la Mujer. Primero lee la tabla y luego escucha a la comentarista para completarla.

Día Internacional de la Mujer

1. Fecha: _____ de _____
2. Mujeres que trabajan en Latinoamérica y el Caribe: _____ %
3. Motivos del aumento:
   a. Las mujeres tienen mayor _____ y menor cantidad de

      _____.

   b. La situación _____ es mala.
4. Con el dinero que el gobierno les presta (*lends*), las mujeres crean

   _____.

5. El sueldo de una mujer es _____ % menor que el del hombre.
6. En Chile hay una ley para evitar la brecha salarial entre _____ y

   _____.

ESTRATEGIA DE COMPRENSIÓN ORAL: *TAKING NOTES (PART 3)*

In Chapter 9, you practiced listening for transition words, which clue you into knowing when a speaker is introducing, explaining, or summarizing a topic. Other transition words that are helpful to listen for when taking notes are the ones speakers use when comparing or contrasting ideas. In the following activity, you will be given a list of expressions to listen for as you hear two people comparing the roles of men and women in a Hispanic country.

ACTIVIDAD 8 El hombre y la mujer

Parte A: Teresa y Juan discuten el papel del hombre y de la mujer en un país hispanoamericano. Lee la siguiente información y luego escucha la conversación para marcar las opciones apropiadas.

1. Según Teresa, la sociedad espera que las mujeres trabajen
   a. ☐ más que los hombres.
   b. ☐ menos que los hombres.
   c. ☐ tanto como los hombres.
2. Según Teresa, la sociedad trata a las mujeres
   a. ☐ igual que a los hombres.
   b. ☐ diferente que a los hombres.

3. Según ella, la sociedad espera que la mujer (marca 5)

    a. ❒ ayude a los niños con su tarea.

    b. ❒ sea una madre perfecta.

    c. ❒ cuide al marido.

    d. ❒ esté siempre hermosa.

    e. ❒ haga la comida.

    f. ❒ se haga cargo (*be in charge*) de la casa.

    g. ❒ trabaje fuera de la casa.

Parte B: Escucha la conversación otra vez y marca en la tabla las expresiones que Teresa y Juan usan al hablar sobre el hombre y la mujer en la sociedad. Recuerda que puedes escuchar la conversación todas las veces que necesites.

Para comparar (marca 4)	Para contrastar (marca 4)
❒ de la misma manera	❒ por un lado
❒ del mismo modo	❒ en cambio
❒ igual que	❒ más… que
❒ tanto… como…	❒ no obstante
❒ tan… como	❒ a diferencia de

Este es el final del programa de laboratorio para el Capítulo 10. Ahora vas a escuchar el podcast que escuchaste en clase, **"¿Independizarse? ¿Qué prisa hay?"**.

Sociedad y justicia

COMPRENSIÓN ORAL

ACTIVIDAD 1 Noticias

Parte A: Vas a escuchar unas noticias. Para cada caso, indica el delito que se cometió.

_____ asesinato   _____ secuestro   _____ terrorismo
_____ robo   _____ soborno   _____ violación

Parte B: Ahora escucha las noticias otra vez y completa las oraciones.

Noticia n.º 1: La policía busca a alguien que _____ dónde está la

_____.

Noticia n.º 2: La policía duda que el _____ haya

_____ solo.

Noticia n.º 3: La policía buscaba a alguien que _____ visto a los

_____ entrar en la _____.

Noticia n.º 4: La justicia espera que los investigadores averigüen quién le dio

_____ al testigo (*witness*).

ACTIVIDAD 2 Un anuncio informativo

Parte A: Vas a escuchar un anuncio informativo sobre el peligro de conducir un carro después de beber alcohol. Antes de escuchar el anuncio, marca las tres consecuencias más graves de beber alcohol bajo la columna que dice "Tú".

		Tú	El anuncio
1.	euforia	❏	❏
2.	sueño	❏	❏
3.	inseguridad	❏	❏
4.	nervios	❏	❏
5.	visión borrosa (*blurry*)	❏	❏
6.	reflejos (*reflexes*) lentos	❏	❏

Parte B: Ahora escucha el anuncio y marca bajo la columna "El anuncio" de la Parte A las tres consecuencias que escuchas.

ACTIVIDAD 3 Una solución al cigarrillo

La siguiente noticia explica cómo ayuda un gobierno para que la gente deje de fumar. Escucha la noticia y completa la información.

1. productos con descuento: parches y _____ de _____
2. porcentaje de cada producto que pagará/n:
   a. los fumadores: el _____ %
   b. el gobierno: el _____ % y para los mayores de 65 años el _____ %
3. lugar donde se obtiene un cupón para el descuento: _____ de
   _____
4. edad mínima para comprar cigarrillos a partir de hoy: _____ años

ACTIVIDAD 4 El mundo del futuro

Parte A: Dos jóvenes están hablando de las cosas que ya habrán ocurrido dentro de 40 años. Escucha la conversación y marca las dos situaciones que predice cada uno.

	Él	Ella
1. legalizar las drogas	❏	❏
2. aprobar una ley para poder portar armas	❏	❏
3. no haber más policía	❏	❏
4. haber paz mundial	❏	❏
5. erradicar el hambre	❏	❏

Parte B: Ahora completa las siguientes oraciones sobre otras cosas que ya habrán ocurrido dentro de 40 años.

1. Dentro de 40 años, ya _____ una cura para el cáncer. (encontrar)
2. Dentro de 40 años, ya _____ vida en otro planeta. (descubrir)

ACTIVIDAD 5 Un programa de radio

Parte A: Consuelo, la locutora de radio, cuenta una situación problemática. Escucha y numera las acciones en el orden en que sucedieron. Recuerda leer las ideas antes de escuchar.

a. _____ Dos niños robaron un lápiz.
b. _____ Los dos niños fueron castigados enfrente de los estudiantes.
c. _____ Los estudiantes salieron a jugar al patio.
d. _____ Los niños fueron a hablar con la directora.
e. _____ Una maestra vio a los dos niños.

Parte B: Ahora lee las siguientes ideas y luego, mientras escuchas la opinión de un señor, marca tres cosas que habría hecho él en el lugar de la directora y tres cosas que habría hecho en el lugar de los padres.

1. **En el lugar de la directora**
    a. ❏ Habría hecho lo mismo.
    b. ❏ Habría ignorado lo que ocurrió.
    c. ❏ Les habría dado más tarea como castigo.
    d. ❏ Habría hablado con los maestros.
    e. ❏ Habría hecho que los niños fueran a la escuela un sábado.
    f. ❏ Habría hablado con los padres.

2. **En el lugar de los padres**
    a. ❏ Me habría puesto furioso/a.
    b. ❏ Habría castigado al niño.
    c. ❏ Le habría preguntado al niño por qué hizo eso.
    d. ❏ Habría hablado con la maestra que vio a mi hijo y a su amigo.
    e. ❏ Habría sacado al niño de la escuela.
    f. ❏ Le habría dicho a la directora que no debe humillar a los niños.

ESTRATEGIA DE COMPRENSIÓN ORAL: *TAKING NOTES (PART 4)*

In Chapter 10, you practiced listening for transition words that clue you into knowing when a speaker is comparing and contrasting. Other transition words that are useful to listen for when taking notes are the ones speakers use when discussing cause and effect. In the following activity, you will be given a list of expressions to listen for as you hear two people discussing the legalization of drugs.

ACTIVIDAD 6 La legalización de las drogas

Parte A: Rubén habla con Marisa, una amiga argentina, sobre la legalización de las drogas. Primero lee las ideas y luego escucha la conversación para completar la información.

1. Para Rubén, si se legalizan las drogas, (marca 3)
    a. ❏ se creará una narcodemocracia.
    b. ❏ habrá más adictos.
    c. ❏ habrá más adictos entre los menores de edad.
    d. ❏ habrá más violencia.
    e. ❏ la sociedad será un caos.

2. Para Marisa, si se legalizan las drogas, (marca 2)

    a. ❏ habrá menos adictos.

    b. ❏ esto no afectará el consumo.

    c. ❏ no habrá traficantes que ganen tanto dinero.

    d. ❏ habrá menos violencia.

3. La solución para Rubén es atacar a los _____ y quemar las _____ para reducir la _____.

Parte B: Escucha la conversación otra vez y marca en la tabla las expresiones que Rubén y Marisa usan al hablar sobre la legalización de las drogas.

Causa y efecto (marca 4)	
❏ a causa de que	❏ por eso
❏ así que	❏ por lo tanto
❏ provocar	❏ el resultado
❏ como consecuencia	❏ traer como resultado

Este es el final del programa de laboratorio para el Capítulo 11. Ahora vas a escuchar el podcast que escuchaste en clase, **"¿Coca o cocaína?"**.

La comunidad latina en los Estados Unidos

COMPRENSIÓN ORAL

ACTIVIDAD 1 Una entrevista de radio

Parte A: Vas a escuchar una entrevista de una emisora de radio de Los Ángeles con un asistente social. Mientras escuchas la entrevista, indica si las siguientes oraciones son ciertas (C) o falsas (F).

1. _____ Las familias hispanas no castigan físicamente a sus hijos.
2. _____ La ley de Los Ángeles protege a los niños.
3. _____ Para los hispanos, la crianza de los niños es asunto del gobierno.
4. _____ Si uno quebranta (*break*) la ley, puede perder a los hijos.

Parte B: Ahora imagina que eres un o una asistente social y completa estas sugerencias para padres de familia sobre cómo comportarse con un hijo.

1. Les sugiero que le _____ al niño que si continúa haciendo algo que está mal, va a recibir un castigo. (decir)
2. Les aconsejo que no _____ la calma delante de su hijo cuando él o ella hace algo inapropiado. (perder)

ACTIVIDAD 2 Comentario de una película

Parte A: Mientras escuchas el comentario de la película *My Family / Mi familia,* coloca la letra de la acción al lado de la persona a quien se refiere. Recuerda leer las opciones antes de escuchar.

1. _____ José Sánchez
2. _____ Chucho Sánchez
3. _____ Jimmy Sánchez

a. Se casa con una mujer para que no sea deportada.
b. Narra la película.
c. Llega de México en los años 20.
d. Sufre una serie de episodios trágicos.

Parte B: Ahora escucha el comentario de la película otra vez para completar estas oraciones.

1. La película narra la historia de una familia de origen _____ a través de _____ generaciones.
2. La historia tiene lugar en _____. (ciudad)
3. El director Gregory Nava también filmó las películas *El Norte* y _____.

ACTIVIDAD 3 Un anuncio comercial

Vas a escuchar un anuncio comercial sobre entrevistas que se harán la semana próxima a tres hispanas famosas en los Estados Unidos: Ileana Ros-Lehtinen, Rosario Dawson y Linda Martín Alcoff. Antes de escuchar, lee la información y luego escucha el anuncio para marcar la nacionalidad y lo que hizo o hace cada mujer.

	Ros-Lehtinen	Dawson	Martín Alcoff
1. Es norteamericana de ascendencia puertorriqueña.	❑	❑	❑
2. Es cubana.	❑	❑	❑
3. Es norteamericana de ascendencia panameña.	❑	❑	❑
4. Es fundadora de Voto Latino.	❑	❑	❑
5. Es profesora de filosofía y estudios de la mujer.	❑	❑	❑
6. Ha publicado varios libros.	❑	❑	❑
7. Es defensora de los derechos humanos.	❑	❑	❑
8. Ha actuado en películas con Will Smith.	❑	❑	❑
9. Fue la primera congresista hispana en los Estados Unidos.	❑	❑	❑

ACTIVIDAD 4 La educación bilingüe

Parte A: Una pareja habla sobre la educación bilingüe en los Estados Unidos. Antes de escuchar, lee las ideas y luego escucha la conversación para marcar o completar la información apropiada.

1. Hoy día los hijos de los inmigrantes alemanes e italianos… (marca una)
   a. ❑ no les prestan atención a sus raíces.
   b. ❑ visitan a parientes en Alemania e Italia.
   c. ❑ hablan alemán e italiano con sus parientes.
   d. ❑ estudian alemán e italiano en la universidad.
2. A los Estados Unidos les conviene tener personas bilingües para… (marca una)
   a. ❑ gastar menos dinero en traductores.
   b. ❑ comerciar (*do business*) con el mundo.
   c. ❑ que haya una gran variedad de culturas.
   d. ❑ que la gente de diferentes culturas se entienda entre sí.
3. Las personas que hablan inglés en casa lo estudian _____ años en la escuela.

Parte B: Ahora lee las siguientes ideas sobre la enseñanza a niños que no hablan inglés al empezar la escuela primaria. Luego marca la idea con la que estás de acuerdo.

1. ☐ Hay que enseñarles en la escuela solamente inglés. Pueden aprender su propio idioma en casa.

2. ☐ Hay que enseñarles en la escuela inglés y, mientras lo aprenden, se les debe enseñar matemáticas, historia, etc., en su propio idioma.

3. ☐ Hay que enseñarles en la escuela tanto inglés como su propio idioma.

Este es el final del programa de laboratorio para el Capítulo 12.

Notas

Notas

Notas

Notas